11
U0025950
Kadokawa Fantastic Novels
歡迎來到實力至上主義的教室
衣笠彰梧
トモセシュンサク

須藤健
一年C班，籃球社。入學時無法控制情緒，有許多問題行為，但現在似乎沉著了許多。

篠原皐月
一年C班，排球社。入學一開始常和池起衝突，但兩人的關係似乎有了進展。
池寬治
一年C班，回家社。熬過許多考試後大幅成長。

坂柳有栖

「……龍園同學？
你為什麼……會在這裡？」
一之瀨應該很明顯地有所動搖。
不對，我跟坂柳也都沒設想到這點。

「怎麼啦，
妳在動搖什麼？」

11
Welcome to
the Classroom of
the supreme principle
of force
歡迎來到實力至上主義的教室

歡迎來到
實力至上主義的教室
Welcome to the Classroom of the supreme principle of force
衣笠彰梧
KINUGASA SYOUGO
トモセシュンサク
TOMOSESHUNSAKU
11
Kadokawa Fantastic Novels

歡迎來到實力至上主義的教室 11

Welcome to the Classroom of the supreme principle of force

contents

彩頁、內文插畫／トモセシュンサク

坂柳有栖的獨白

那天透過玻璃看見的光景，就像是昨天才剛發生一樣記憶猶新。

爸爸帶著我拜訪的那座深山裡的設施，其外觀染上了一片雪白。

不對，不只是外觀。

記憶中走廊跟經過的小房間，全都是漆成一片白色。

我把雙手貼在透明玻璃上，目不轉睛地盯著室內。

因為是單向玻璃，對面似乎看不見這邊。

「怎麼啦，有栖？居然這麼感興趣，真是難得。」

「人工製造天才的實驗，我怎麼可能會不感興趣呢？」

「……妳還真是一如往常，說話很不像小孩呢。」

爸爸說完之後，就這樣抱著我，有點不知所措地笑了出來。聽爸爸說，接受這個設施裡的課程，無論是誰都會無一例外地被教育得很優秀。我不禁對這點抱持疑問。

「不過，這個實驗也有各種問題吧？」

「怎麼說呢？」

「即使是在人道層面，感覺都可能會受到各方抨擊。」

「哈、哈哈……」

「最重要的是，我不認為天才有辦法人工製造。」

人在誕生的瞬間、被賦予生命的瞬間，潛在的能力就已成定數。

那會是偶然的產物。將在各種領域上偶然地發揮出來。

這就是人類世界的機制。

我們辦不到超出刻在身上的ＤＮＡ能力以外的事。

那是祖先代代相承的血脈，或是因為突變造成的覺醒。

總之，如果想生出天才的話，就只能在ＤＮＡ的階段做處理。

作為凡人出生的人，不管走到哪裡，都離不開凡人的領域。

不論環境多好，只要學習者不優秀，就不會成為天才。

這就是我自幼以來的見解。

從小就看著許多被施行菁英教育的同年級生的我所做出的結論。

所以，這個實驗是跟我的想法完全相反的東西。

話雖如此……ＤＮＡ的問題也沒這麼單純。

「就算這個設施出現才能出眾的人物，真的可以說是實驗成果嗎？」

「妳為什麼會這麼想呢？」

「因為我覺得才能出眾的優秀孩子，到頭來也只是因為擁有優秀的ＤＮＡ。」

「原來如此。孩子們接受的課程確實非常嚴格，可能是通過考驗贏得下次挑戰的孩子本身就很優秀。妳真的跟她很像，都很聰明，而且連妳的這種個性也是呢。」

「真開心。對我來說，可以被比喻成媽媽，就是最棒的誇獎。」

我坦率地接受爸爸的稱讚，再次盯著被當作實驗體的孩子們。

有才能的小孩，以及沒有才能的小孩，大家都同樣在裡面接受教育。

而這是個會依序淘汰脫隊者的系統。

「結果，就算有小孩在課程中存活下來，也只是受惠於父母的才能。」

就算我很感興趣，這也是一場沒有意義的實驗。我強烈地這麼認為。

「不知道耶。或許是，也或許不是，我並不清楚。不過，我無法徹底捨棄這裡的孩子，擁有背負未來命運的那種可能性。」

對於還是小孩的我來說，無法理解那個爸爸認識的人試圖完成的一切。我把視線移回玻璃窗的另一端。

「——那個人，從剛才到現在都冷靜且輕鬆地完成所有課題呢。」

在通過課題的意義上，現在映入眼簾的孩子們全都過關了。

可是，所有人好像都是拚命地緊咬著課題。

這也理所當然。

不管是讀書也好，運動也好，這個地方的競爭都超越了兒童的水準。

當中唯一一個特別出眾的人物。

即使是在現正舉行的西洋棋賽上，有名少年接連扳倒了對戰對手。

他是在透過窗戶看見的孩子們之中，唯一一個奪走我的視線和心的人。

爸爸看見那個小孩之後，就好像有點開心，又有點落寞地點了頭。

「嗯，他是老師的兒子呢，我記得叫做……綾小路……清隆。」

所謂的老師，就是爸爸認識的那個經營這個設施的人。

我記得爸爸總是對他低著頭，表現得很謙虛。

「如果他是老師的小孩，那這果然也是因為ＤＮＡ很優秀吧？」

「很難說呢，至少老師不是出身於傑出的大學，運動神經也沒有很出眾喔。他的太太也真的就是個普通人，雙方父母也都沒有卓越的才能。可是，老師擁有比任何人都強烈的野心，而且擁有不放棄、不屈服的鬥志，所以才會變得這麼了不起。他有段時期甚至還打算改變國家呢。」

「既然這樣——意思就是說，這個孩子最適合當這個實驗的實驗體嗎？」

爸爸對我的疑問五味雜陳地點了頭。

「是啊……對那個人來說，他應該是個很理想的孩子吧，可是……就我來看，我覺得那孩子實在非常可憐。」

「為什麼呢？」

「他從出生的瞬間就在這個設施裡生活。對他來說，他第一次看見的既不是母親，也不是父親，而是這個設施的白色天花板。要是他在很早的階段就脫隊的話，明明就還可以和老師一起生活。不對，可能就是因為像這樣一直留下來，所以他才可以一直受到老師的寵愛吧……如果是這樣的話，那還真是……」

總之，他沒有接受到父母的愛。

這是何等孤獨、寂寞的人生啊。

撇除才能，明明還有很多事情是透過肌膚接觸才能得到。

我用力抱緊我最喜歡的爸爸。

爸爸就像是在回應我，也將我緊緊地抱住。

「設施的最終目的，就是把所有教育過的小孩當作天才培育，可是目前還在實驗階段。這是一場著眼於五十年、一百年後的戰鬥。這裡的孩子們不是為了自己在成人時發揮才能，而是一種為了未來的孩子們而活的存在。存活下來跟脫隊的人，全部都只是實驗的抽樣。」

爸爸說，他們一輩子都會被幽禁在這座設施裡，不斷地被提取數據。

看見爸爸這麼說著的那張側臉，我的心裡覺得有點難受。

「爸爸，你討厭這所設施嗎？」

「嗯？……不知道耶……可能無法真心地支持吧。假如這裡培育的孩子們真的養成比任何人都優秀的小孩，假如這個設施變成理所當然——我只覺得這會是不幸的開端。」

「請放心。我一定會粉碎這件事情。我會證明給你看，所謂的天才不是取決於教育，而是出生的瞬間就決定好的。」

不論這個設施養育的小孩有幾個人，我都不能夠輸。

繼承優秀ＤＮＡ的我必須阻止。

「是啊。我很期待喔，有栖。」

「對了，爸爸。我打算學西洋棋——」

我醒了過來，睡眼惺忪地爬起上半身。

「真是作了場令人懷念的夢……」

是因為接近對決了嗎？

我居然會想起那天的事情。

自從遇見你，直到今天，我沒有一天忘記。

再次相見，並且面對面的那天，總有一天會到來。

我是這麼堅信的。

教師們的戰鬥

這是二月的某天，班級投票正式被決定前不久的事情。

這個時期，高度育成高中的老師們持續著忙於業務的時光。

升年級、退學，以及針對畢業的準備。

加上全年級都要舉行的最後一場特別考試。

在這種各種要因錯綜的時間點。

不論是哪個老師，每天都沒有餘力地被工作追著跑。不過，負責今年一年級生的教師們，心裡卻比其他年級的教師都來得複雜。

「以上就是一年級生最後一場特別考試的內容，以及針對導入最新系統的事情。」

某個男人在所有教師面前，做完了關於本年度最後一場特別考試的說明。

二年級生和三年級生的說明就一如往例，可是只有一年級生的不一樣。

「若有哪位老師有疑問，還請提出。」

男人在令人神經兮兮的氣氛中，環視了側耳傾聽的教師們。

持續了幾秒安靜無聲的時光。

「我可以說句話嗎，月城代理理事長？」

籠罩著寂靜的教職員辦公室。

負責一年A班的真嶋打破寂靜似的舉起了手。

同期的茶柱、星之宮都望向了真嶋。

被稱為月城代理理事長的男人，已經有發現一年級的班導抱持好幾個疑問。與其這麼說，倒不如說他認為要是不抱持疑問就太不像話了。

這是身為人的價值評估。

評估自己是否只是個身為社會人士、身為大人，只為了領薪水而工作的教師。

「什麼事呢？一年A班的班導，真嶋老師。」

預料到會有提問的月城溫柔地露出微笑。

「在二年級生與三年級生的特別考試基準都是按照往年的情況下，一年級將舉行的考試基準已經大幅超越了每年的平均值。班級投票……這場考試非常具有退學的風險吧？」

身為負責一年級生的教師，以及為了充滿未來的孩子們，真嶋不畏懼代理理事長的地位，向月城提出了抗議，甚至嚴厲地這麼繼續說：

「我知道這麼說很失禮，但月城代理理事長，您才剛在這所學校就任。雖然感覺您是看過至今的前後經過才這麼判斷的，但因為一年級生至今無人退學，就做出強制性弄出退學者的舉止，我認為這樣很有問題。」

月城聽見真嶋的提問……真嶋的抗議，就一副很開心地露出了潔白的牙齒。

「非常具有退學風險嗎？學生們有退學的危險，這在截至目前的特別考試上不都一樣嗎？這間學校的規則是考一次不及格也會被退學吧？普通的高中不太會有這麼嚴苛的制度。」

「我是在指出不合理性。無法取得一定成績的學生確實會遭到退學。我不打算說這個機制很簡單。實際上，往年都出現許多學生退學也是事實。」

這所學校每年都在基準範圍內舉行各種特別考試。

今年的一年級生在這種情況中正要無人退學熬過這一年。雖然不清楚這是否只是因為和其他年級的實力差異，但至少沒有出現退學者就熬到這裡，應該有其理由。真嶋認為發揮這點，連結到明年之後才重要。

但月城的想法和真嶋不一樣。

「既然都會出現許多退學者，那不都是一樣的嗎？」

「不對，這很明顯跟目前為止的方針都不同。我難以贊同您制定強制性弄出退學者的機制。」

在其他老師都保持沉默的狀況下，只有真嶋執著地緊咬不放。

「再說，突然決定在這次學年末舉行的最後一場特別考試上導入新系統，也是至今不曾有過的事情。而且也完全沒有說明理由。」

真嶋的抵抗是徒勞無功，教師們從一開始就很清楚。

要推翻這個決定是不可能的，這是沒辦法改變的事情。

「看來真嶋老師有點死腦筋呢。你就不考慮是至今的做法不正確、至今為止都是錯誤的可能性嗎？」

教職員辦公室反覆著月城與真嶋的爭論，但真嶋的劣勢極為明顯，月城不是一介教師就可以說長道短的對象。

「年輕孩子的吸收力比大人想得強。我是考量到這點，才擱置應用在二年級生和三年級生身上，只把新考試的應用鎖定在一年級。因為如果是一年級的話，他們也還沒完全染上這所學校的風格呢。假如新對策成功，也比較容易對明年度的一年級生嘗試這種機制。」

「今年的一年級生沒人退學地走到了這裡，您要以這種形式讓它結束嗎？」

「眼前的紀錄沒有任何意義。我們要以未來為目標喔，以未來為目標。」

月城持續地反擊、主張：

「這所學校受到政府的諸多期待，是進行實驗性嘗試的新設學校，歷史還很短。就是因為這樣，我認為應該嘗試各式各樣的事情。」

「要以未來為目標是可以。可是，這也可以理解成要把現在的一年級當作實驗對象。我身為負責班級的班導，這件事情令我難以允許。」

真嶋不斷從正面挑戰月城，設法嘗試修正特別考試的軌道。

然而，要改變實施班級投票的這個既定事項應該已經是不可能的了。

「……真嶋老師，你就說到這邊吧。」

正因為清楚這點，茶柱便在他們談到一個段落之後制止。

真嶋也一度吞下差點吐出來的話。

不過，再次催促他說話的不是別人，正是月城。

「沒關係喔。如果有話想說，我會想請各位盡量說出來。事實上我也很了解老師們擔憂的心情。是吧，真嶋老師？」

「那麼，意思是您可能重新考慮嗎？」

真嶋詢問月誠是否要重新檢討特別考試。

雖然感覺像是在垂下救命的絲線，但其實並非如此。

現在和坂柳理事長的時期不一樣，月城代理理事長完全不打算體察現場的意見。

「再次考慮嗎？這很困難呢。雖然說我是代理，但依然處在理事長的立場。所謂理事長的立場，總之就是擁有決定指導方針，並且引領學校的職責，但理事長也是個傀儡，我只是個被最上層、政府擁立的法人所僱用的人。」

既然都說了這種話，真嶋在這裡抵抗就沒有意義。

現場的意見是其次，重要的只有高度育成高中的未來。

「結果就算不斷出現因為規則嚴苛而退學的學生也無所謂，是嗎？」

「不適合的對象會被排除，這可是社會的機制——不對，是大自然的法則。再說我這不就已經讓步，同意導入『保護點數』了嗎？」

緊張的氣氛漸漸開始放鬆下來。

延長的朝會也接近了尾聲。

「最重要的是，現任理事長坂柳氏就是因為有不正當行為的疑慮而正在閉門反省。如果屬實，我也無法就這樣繼承那種人建立起的教育方針呢。雖然我當然是打從心底希望他可以盡早消除疑慮並且回來學校。」

月城啪地拍了一下手，並環顧了所有的教師。

「也沒時間了，就先到這邊吧。噢，對了，我正在摸索這間學校明年度是不是也沒辦法舉行文化祭，我想之後應該會再來請教老師們的意見，屆時也請多指教。」

「文化祭？原則上本校會擱置有關開放一般人士入場的活動才對。」

二年級跟三年級的班導也在此第一次出聲表示疑問。

「這種陳舊的部分也是種問題。為了讓這所學校可以更受到國家認同，我認為視需求而定，不論要做多少次改變都有其必要。我們當然必須嚴格挑選邀請的人選，這點也無須擔心。那不會對普通人開放，完全只會嚴選例如政治界這種熟知這所學校的人物，這麼做也不會透露給外界多餘的情報。總之，我希望可以積極地研究考慮。」

「以上。」月城代理理事長總結後，教師們的戰鬥便結束了。

他們什麼也做不到。

1

在月城離開後的教職員辦公室，課堂開始之前——

「真嶋老師，還有星之宮老師，可以耽誤一下嗎？」

茶柱向他們兩人搭話。他們既是過去在這間學校彼此切磋琢磨過的競爭對手，同時也是朋友。

也因為交情很久，兩人沒有特別詢問理由，只拿起必要的文件就跟著茶柱走了。在通往學生們等著的教室的走廊——

「真憂鬱對吧？——居然馬上就要告知學生將有一場一定要有人退學的考試。」

最先開口說話的人是星之宮。

她沉重地嘆息，看著出席簿。

「我在想是誰會消失……」

星之宮並沒有樂在其中，她也在試著面對這件事實。

「還不確定會有人消失吧？雖然很少，但方法還是有的。」

「可是，取消退學的手段只剩兩千萬點耶——」

雖然星之宮這麼說，但她當然也很清楚這件事實。

現狀下，不論哪個班級都沒有那麼大筆點數。

「要說有什麼安慰，應該就是這次的狀況可以不用支付班級點數三百點吧，因為強制退學可是史無前例的事情呢。雖然要說理所當然，這也是理所當然。」

通常要取消學生的退學，會需要支付個人點數兩千萬點，以及班級點數三百點。這次免除了這件事。

話雖如此，教師跟學生應該都無法接受強制退學吧。

「我對月城代理理事長的做法，實在是無法不感到不滿。」

「唉——小佐枝會那麼想也理所當然吧？——他突然間冒出來，隨心所欲地搞得一團亂呢。」

茶柱厭煩地趕走要抱人般貼過來的星之宮。

「就算發牢騷，也什麼都不會改變。要是多嘴的話，還可能會被開除。」

「你要對我們說那種話呀——？真嶋你不是才剛認真頂嘴嗎？我可是非常心驚膽戰呢，你不能在那種事情上多嘴啦。」

「知惠說得沒錯，對方根本不在乎老師被解僱，因為他認為替代品多得是。倒不如說，他大概會覺得這樣更有利。」

「他的目標或許就是剷除真嶋這種老師，並僱用對自己來說方便的老師。」

他們認為月城在職員辦公室的主張，是為了顯現出反抗的教師。

真嶋也沒有指出這種想法是錯的。

「小佐枝妳好不容易才升上心心念念的C班，不要亂來喲——」

「我們明明晉升了班級，妳還真是從容啊。」

「討厭啦，難道妳有抱著可能升上A班的這種幻想嗎？」

茶柱被前來觀察的大眼睛盯著看之後，就別開了視線。

平時星之宮常有少根筋的發言，但多數的行動都是建立於計算之上。

交情長久的茶柱很清楚這點。

「……沒有，我也沒笨成那樣。」

「也是呢——假如妳說出什麼要以A班為目標……那我可是會翻桌的喔。」

星之宮抬起雙手，刻意表現得很驚訝。

雖然這是女人之間無關緊要的對話，但真嶋也無法內心平穩地看著她們聊天。

這是在熱帶草原對峙的肉食性動物，不是你死就是我亡的戰鬥。

「妳們還在為那件事情吵架啊？都已經過了幾年——」

「真嶋，這跟時間無關。」

「沒錯，完全無關。」

打算介入調停的真嶋被兩人怒瞪，於是不得不退場。

真嶋勇敢且果斷地頂撞了月城，但有時候還是會有令他抬不起頭的對象。

「……是嗎？雖然這不論如何都不該由我插嘴，但妳們可別夾帶個人情感喔。」

「我才不會做出那種事。對吧，知惠？」

「當然呀——對吧，小佐枝？」

儘管她們在心裡互相刺探，但表面上還是若無其事地掩飾。

「總之，我想說的就是你們要小心，別做出冒失的行為。」

茶柱馬上做了總結，並走向C班。

兩人目送她。

「妳們真的沒有夾帶私情吧？」

真嶋看著心情明顯變得很不好的茶柱的背影這麼問。

「別拿我相提並論啦，真嶋。因為對我來說，我沒有任何留念，可是那個人從那時開始就一直沒有改變。她一直維持在學生的狀態，所以才會把那種無聊的初戀珍惜地埋在心裡。」

「……妳的表情真可怕呢。」

「咦？不會吧？討厭，我露出了那種表情啊？」

星之宮迅速地拿出摺疊鏡，營造出微笑的自己。

「好，我今天也非常可愛。你也這麼覺得，對吧？」

「不知道。」

「真過分！唉，算了。」

真嶋建議收起鏡子的星之宮：

「別被趁虛而入喔，今年的D班——不，今年的C班跟往年不一樣。」

雖然班級點數還有段差距，但老師們也看不見今後的特別考試的走向。

「或許吧。不過沒關係，畢竟我這裡也有一之瀨同學。再說——」

「再說？」

「如果他們升上來，我也會直接擊潰他們。」

「老師可別對學生之間的競爭多嘴啊。」

「我不會做出那種事啦，我的意思只是不會輕易饒過小佐枝。」

「我不想要連在教師之間的競爭都被人多嘴多舌。」星之宮說。

「妳好像是認真的呢。」

「因為只有小佐枝是我不能輸的對象呢——」

這是她們從學生時代就一直維持的關係。

她們既是摯友，也是勁敵。

一年級的最後一戰

三月八日。

班導茶柱現在正在C班裡準備開始一年度的最後一場特別考試。

準備給C班的桌椅，各有三十九組。

直到前幾天為止都理所當然般存在四十組的桌椅，現在少了一組。

山內春樹退學了。

不只是C班。D班退學的是真鍋，A班則是彌彥。

這個事件無疑帶給全體一年級生重大的衝擊。

「大概有補救措施」——應該存在於大家內心某處的想法遭到了粉碎。

那種驚訝與傷心還沒消除，日子就這樣沒有停息地繼續前進。

班導茶柱隨著宣告班會開始的鐘聲現身。

沒有多餘的閒聊。

「——那麼，現在開始我要宣布一年度最後一場考試。」

茶柱開始說明一年級的最後一場特別考試。

雖然這件事情大家都知道，但她完全沒有提及關於山內的任何一句話。

池跟須藤曾經是他最好的朋友，他們要試圖接受這個事實就竭盡全力了吧。

「這場總結這一學年的最後一場特別考試，將請你們展現至今學習的綜合成果，像是智力、體力、合作，或者運氣——總之，必須發揮你們擁有的各項潛能。」

通常，池之類的學生會立刻對茶柱提出質疑。

可是，那個池卻靜靜地聽著茶柱的話。

他大概是抱著「下個退學的人可能是自己」的這種危機感。

「特別考試是在各班綜合能力上競爭的『選拔項目考試』。將按照規則決定對戰班級，之後再進行考試。就跟Paper Shuffle的時候一樣。」

選拔項目考試。茶柱宣布的這場年度末的特別考試，會是什麼樣的內容呢？

「首先，為了讓你們在說明時比較好理解，我會使用十張白卡，以及配合班級人數的黃卡繼續往下說明。」

茶柱這麼說完，就把沒寫任何文字的卡片一張張地貼在黑板上。

每張卡片的大小幾乎跟撲克牌一樣。十張白卡上沒有寫上任何東西，但另一方面的黃卡似乎每張都寫了學生的名字。

一共四十八張卡片被貼在黑板上。

相對於學生人數，黃卡缺了一張。這有什麼意義嗎？

「首先，我要先說明這十張白卡。這邊會請你們互相討論，寫入一共十個你們任意決定好的『項目』。」

池馬上就露出一臉無法理解的表情。

但還是表現出不打算多嘴的模樣，茶柱見狀，就覺得很好笑地說：

「你有在意的事情都可以提問喔。」

「呃、呃，可是……如果多嘴的話，老師您不是會生氣嗎？」

池被看穿想法，表現得很動搖。

「如果沒有你打岔的話，我實在是沉著不下來呢。」

茶柱至今基本上都是最後才接受提問，現在則是允許中途提問的狀態。

大部分同學都把視線聚焦在池身上。

雖然他好像很不知所措，但還是說出了有疑問的事情。

「那麼，那個……呃，請問項目指的是什麼？」

「筆試、將棋、撲克牌、棒球——隨意寫上你們認為可以贏的項目就可以了。然後如何分出勝負，也是要由你們思考並制定規則。」

「咦，什麼都是自由的嗎？」

就算說是自由，但池跟其他學生都還沒意會過來。

「不過，雖然說是自由，但有關項目的決定還是有幾項規則。說得極端點，因為如果你們選擇多數人都不知道的那種非主流競賽和遊戲，除了提案者以外任何人都不會有勝算呢。而且項目的規則也必須是公正且淺顯易懂的內容。因此，你們提出項目後，校方就會判斷恰當與否，並且判斷是否採用。」

如果選擇了太小眾的運動，或個人專精的遊戲——若選擇了那種較特殊的比賽、特異的規則，多數人會沒有勝算。

但連規則都要由學生決定嗎？

「還有，為了避免發生平手，規則會需要做調整。例如如果是圍棋，要是占地數量相同就會平手，但為了避免這樣，就要給白子……總之就是要給白子加上半目當作後手的貼目，並算成是白子的勝利。如果是將棋，雖然乍看之下不會有平手，但偶爾還是會發生稱作『相入玉（註：雙方皆無法殺掉對方王將）』這種會被當成平手的情況。這種情形就會算成『持將棋』，並根據棋盤上與持有的棋子數量決定勝負。像是這些細微的比賽規則，都要請你們預先決定。如果沒辦法決定這些規則，就不會被採用。」

也就代表必須是絕對會分出勝負，而且不要太小眾的項目嗎？

雖然選擇有無數種，但在學生的領域上會被選到的項目似乎也有一定的限制。

「那麼，就淺顯易懂地試著實際重現吧。池，你擅長什麼？什麼都可以，說說看吧。」

「呃……我擅長什麼呢……」

池似乎沒立刻想到自己擅長的項目，思考了一番。

「猜、猜拳之類的，我還滿強的喔。」

聽見他思考的結果是這種胡鬧的回答，同學不禁發笑。

但茶柱卻認真地聽進去，並在白紙卡片上寫下「猜拳」。

「那我們就暫時把猜拳選為項目吧。」

池沒想到會被認真看待，同學也都傻眼了。

「規則要怎麼訂？」

「呃……那麼，就先贏三把的獲勝嗎？」

茶柱順著池，也在猜拳卡下方添上了規則。

「項目很多人都知道，規則又很簡單明瞭。校方沒有任何理由不採用。」

「採、採用了呀？」

雖然這是因為隨便的發言而產生的項目，但從校方來看沒有問題。

「接下來就是重複九次，就會完成十個項目了。」

茶柱拿起粉筆，在黑板上寫字。

「關於考試的日程也是很重要的一點。大略會分成三個階段。」

特別考試

三月八日——特別考試宣布日。同日決定對戰班級。

三月十五日——確定十種項目。對戰班級發表十個項目以及規則。

三月二十二日——選拔項目考試當天。

「可、可是，老師，如果要進行高達二十個項目，不是會相當費時嗎？」

「各班在選拔項目考試當天，會從十個項目中進一步把範圍縮小到五個項目，並提出那些『真正會提出的項目』。總之，最後不會是二十個項目，而是會被縮小到十個項目。」

堀北聽到這裡，便開口說：

「換句話說，十個項目裡有五個是虛張聲勢……假情報會傳到對手那邊，對吧？」

「那五個項目應該也會肩負著那種任務吧。像這樣範圍被縮小到十個的項目，將會透過校方準備的系統自動隨機選出七個。考試就是這種流程。」

茶柱沒有否定，而是表示了同意。

從目前為止的特別考試來看，這可能會變成一場時間漫長的考試。

七個項目的理由，可以想像是顧慮到為了一定要分出勝負。

既然不存在平手，那在七個項目中拿下四個項目的時間點，就會決定勝負嗎？

「就算在七個項目的中途就分出勝負，依然要比到最後一個項目。因為這會牽涉班級點數的變動。總之，就算確定會輸、確定會贏，都要比賽到最後一刻。十四日星期日，就是決定十個項目的最後受理日。因為項目能否被認定需要學校的確認。就算只有一個項目也好，及早讓學校逐一確認應該都會比較保險。」

「假如十四日為止都無法確定好十個項目，那會變得怎樣呢？」

「那種情況，就會分配校方準備來當作替代方案的項目，但最好別想成那會是適合你們班上的項目。就算會有對你們不利的情況，也應該不可能會有利於你們。」

不管怎麼樣，先完成確認十個項目的作業似乎比較好。

「另外，重要的在於同個班級不能登錄兩個相同的項目。假如把先得兩分獲勝的足球當作項目，就算想把規則是以ＰＫ戰分出勝負的足球當作其他項目登記，也是無效的。請你們留意。」

「項目決定好的話，可以取消嗎？」

「沒辦法。」

「那麼……考試當天參加七個項目的學生，不管是誰，而且不管參賽幾次都沒關係嗎？」

「關於項目的規定事項，只憑口頭說明，應該也會有些難以理解的部分吧。因此，校方有準備一份記載詳細內容的文件。你們之後要影印也沒關係，都可以自由使用。堀北，那裡也有確實寫上妳期望的解答。」

校方也可以按照人數準備資料，但這說不定反而是顧慮到了學生。

只有一份的話，同學們就要做一次集合、瀏覽內容。

藉由這麼做，似乎比較容易誘發同學之間的討論。

「雖然這也有寫在黑板上，但各班決定好的十個項目，也會在十五日通知對決的班級。因為如果不知道對手選擇什麼項目與規則，勝負就會難以成立了呢。」

換句話說，有將近一週可以讀書和練習，並且訂下對策。

也將有一場互相預測對手當天會選擇什麼項目的戰鬥。

「然後，二十二日的考試結束，二十三日就會放假。之後辦完二十四日的畢業典禮、二十五日的結業式，你們就會名正言順地進入春假。」

根據最後是勝利結束或敗北結束，放假的動力應該也會很不一樣吧。

總之，這樣我就大致上掌握到選拔項目考試的流程了。

可是——

茶柱的表情隱隱顯示出還有什麼重大的說明。

「除了要決定項目以外，還有一個很重要的部分。那就是為了統籌人數眾多的學生，這場特別考試必須準備一名『指揮塔』。請記得指揮塔不能直接參加比賽項目。」

「指揮塔嗎……」

學生的卡片只有三十八張，就是因為這樣嗎？

「這是需要臨機應變對應的重要職責，可以想成是干涉並且援助所有項目的生命線。像是學生的替換或解開無法解出的題目等等，不限於運動，即使在圍棋和將棋上，指揮塔應該都會被賦予介入的空間。」

這不單純是學生之間的基礎能力對決，還會有指揮塔的介入嗎？

「指揮塔的『干涉』方法也要由你們決定。我想想，如果是猜拳的話……就可以設成像是『指揮塔可以在任意的時間點參加，做出僅只一次的猜拳』或是『可以替換猜拳的學生』。你們可以設定干涉的方式。」

如果是公平的干涉，大致上都會受到認可。大概就是這樣吧。

假如是棒球和足球之類的，只要把干涉設定成可以替補選手，實質上就會變成總教練般的職責。

雖然說是七個項目，但這個「干涉」要素也會是很重要的一點吧。

「指揮塔在勝利時會個別地收到個人點數，可是也會扛下敗北時的責任——沒錯，班上輸掉時，指揮塔就要負起責任退學。」

又是強制性讓輸家退學嗎？

「這場特別考試中，指揮塔的存在不可或缺。如果沒有指揮塔在的話，就不會准許考試的進行。假如你們靠討論無法決定而在傷腦筋的話，就來找我商量吧，我會隨意幫你們任命。」

這次又是指名一個人的形式。

這樣的話，上次考試得到的保護點數就會變成很大的焦點。

我知道許多視線和情緒都指向了我。

唯一有可能讓退學無效的保護點數。

如果是擁有那個點數的我，就算我當上指揮塔輸掉，也可以避免退學。

不過——

大家會為了不讓任何人退學，而同意由我接下指揮塔的職責嗎？

還是說會拜託堀北之類的優秀學生當指揮塔，盡量提昇百分之一的獲勝可能呢？就同學的選擇來說，他們大概會判斷哪種都可以。

如果除了我之外還有學生要接下，恐怕大多數學生都不會反對。

反之，如果誰都不想當的話，他們就會對我產生期待了吧。

「對決的班級會怎麼決定呢？」

「今天放學後要請當上指揮塔的學生到多用途教室集合，恐怕是以抽籤方式給一個人選擇權，並且挑選班級吧。你們要先商量好抽籤抽中的時候要選什麼班級。」

是抽中班級指名想對決的班級，然後剩餘的班級自動彼此對決的形式嗎？

「那樣當然D班會比較好吧？因為獲勝的可能性很高。」

「確實，從綜合能力比較遜色的這點去看，如果甘願和D班戰鬥，大概可以提高勝率吧。不過，跟低階的班級戰鬥未必都只有好處。」

「這樣的話，三個班級都指名D班的可能性勢必就會提高。」茶柱這麼說。現在龍園垮台，把D班當作對手確實會最容易進行。

「這次的考試上重要的是契合度，發揮各班的特長才是最重要的。」

就算對戰班級變成A班或B班也不需要絕望。

如果挑選對班上來說有利的項目，也十分有勝算。

不過，如果對手的班級越前段，也無可避免將會更加棘手。

聽見茶柱說的話，所有人都沒有露出笑容。

堀北的腦中也開始想像——

以現在的C班挑戰，贏不贏得了A班或B班。

「看來這些話算不上是安慰呢。既然這樣，我就刻意提出現實吧。如果你們輸掉，而且D班又獲勝的話……你們就會再度掉到最後一名。」

茶柱再次拿起粉筆，把現在的班級點數記錄上去。

三月一日時的班級點數：

A班．一千零一點。

B班．六百四十點。

C班．三百七十七點。

D班．三百一十八點。

C班跟D班的班級點數勢均力敵。意思就是說，儘管我們費時一年升上C班，但在最後關頭輸掉，就會退回D班。

總之，就學生們來看，會希望無論如何都要維持勝利。

「然後有關班級點數的變動……每個項目會增減三十點。如果七連勝的話，就是兩百一十點、五勝兩敗的話，就是九十點，會從『對手的班級』轉移過來。然後校方會因為勝利，給一百點當作報酬。」

也就是說，最多也可以得到三百一十點嗎？

可以靠項目的勝敗奪走對手的班級點數也很重要。我們可能會一口氣降低至今想減少也無法減少的前段陣容的班級點數。視組合與結果，升上B班和掉到D班都很有可能會發生。

「假如對手的班級點數不夠，校方會以暫時性補足的形式填補不足部分。總之，班級點數變成負分的班級，雖然表面上維持零點，但還是會採取之後償還給學校的形式。」

意思就是說，班級點數也會以看不見的形式變成零以下嗎？

不過，這次所有班級都擁有超過兩百一十點，所以似乎不會有這種擔憂。

1

茶柱離開後，到上課之前的這段短暫時間。

學生們拿起了擺在講桌上寫著項目規則的紙張。

「可以讓一下嗎？」

堀北擠進人群，先用手機拍下了所有內容。

她是為了能在自己的座位上靜下來閱讀，所以才先行一步採取行動吧。

我就這樣坐在自己的座位上看著她這副模樣。

「我也會給你看，雖然你可能不感興趣。」

「這還真是令人感激的關照。」

聊天室馬上就傳來了兩張照片。

選拔項目考試——決定考試項目時的規則。

・過於小眾的項目、過於複雜的項目，以及項目規則之限制：

領域分類得太細的情況，有可能不被批准。

若把筆試之類當作項目，校方會製作題目以維持公平性。

項目禁止脫離並改變基本規則之行為。

・關於可以使用的設施：

特別考試當天，指揮塔會在多用途教室進行考試項目。另外，體育館、操場、音樂教室，及理科教室等校內設施，基本上都可以使用，不過也有部分例外。

．關於項目限制、時間限制：

被判斷為內容相同的項目，各班只能採用其中一項。另外，如果要消化考試項目的時間太長，或是項目沒有時間限制，也會有不予採用的情況。

．關於出場人數：

考試項目的必要人數，除去替補人員，在申請的十個項目上全都必須不一樣。

最低人數是一人，最高人數是二十人（包含替補人員在內，不得超過二十人）。

包含替補人員在內，一個班級的出場人數最多只能登記兩個超過十人的項目。

．關於參加條件：

各個學生可以出場的項目是一個，不得參加兩個以上的項目。

但是，唯有所有同學皆參加過考試項目的情況，才可以參加兩個以上的項目。

．關於指揮塔的職責：

指揮塔有權力干涉七個項目。如何干涉將由決定項目的班級決定。干涉經由校方批准後才會採用。

大略分為五個範疇。

每個項目的參加人數是一人到二十人。需要二十人的項目應該相當有限，但視做法不同，還是可以編入這麼多人。如果在兩個項目上就用掉將近四十人，視情況而定，也會出現要參加第二次、第三次的學生。就算把範圍縮小成少數菁英、少數人，但如果項目中都必須個別改變所需人數，就會瞬間變得很困難。

「真是的，學校真是替我們準備了辛苦的特別考試呢。」

「對啊，但就一年的集大成來說，這或許算是個很正中目標的項目。」

這是沒有許多學生參加並且同心協力就無法獲勝的機制。

雖然跟體育祭時很類似，但這次並不是只有體力層面占優勢。根據想法不同，也會有只專注在學力上的戰鬥方式，而且也有在靈巧程度、精神層面上發光發熱的機會。

不只是自己的強項、弱項，看清別班擅長與不擅長的事情也會是個關鍵吧。考慮到項目的選定，學校準備的特別考試期間也就可以讓人理解了。如果不反覆蒐集相當數量的情報，並且嚴格挑選的話，就不能發揮最大限度的能力。

而且我們班上也有連會不會參加項目本身都很難講的學生。如果所有人都必須參加項目，否則就無法參加第二輪的話，也會被迫做出調整。

堀北大略理解完說明後，表情也顯得有點不服氣。

「妳對這場特別考試好像有所不滿。」

「嗯，有好幾個地方呢。最不滿的是就是當天哪一班的項目被選到得比較多，就會充分掌握勝敗關鍵的這點。光是偏向對手準備的項目就會相當不利了。」

自己準備的項目，只會是擁有絕對自信才選出。

比起對手班級的項目，當然會比較希望以自己的項目決勝負。

「由校方製作十個項目並轉達給各班，當天再讓學生把範圍縮小到七個項目才公平吧？」

在是否公平的觀點來看，堀北的說法確實也正確。

「雖然後段班的勝率似乎相對會降低，但如果運氣好的話，後段班也能贏過前段班——也可以理解成是這種令人感激的考試吧？」

通常會認為班級越前面，在許多層面上都會越優秀。

「這……確實也可以這麼看……但我還是不喜歡這場考試。」

話說回來——

現在是學生們一邊討論，一邊掌握有關項目規則的時間。

平田卻一動也不動地低著頭，等待時間經過。

「他不久前為止都還是班上的中心呢。」

「這是我的錯嗎？」

「這個嘛，我不知道耶。」

這是平田自己的問題，但包括他本人在內，任何人對這個問題理解到什麼程度都很不明朗。

「欸，在討論前，我想先確認一件事情。」

在平田維持不動而且班上正要開始討論時，須藤這麼發言。

他往我這邊瞥了一眼，就環顧了整個班級。

「很多人都不能接受上週末的結果吧？對吧，寬治？」

「……唉，該說是接受嗎，我有點搞不懂耶。大家都很好奇為什麼讚美票的第一名會是綾小路，為什麼他會拿到高達四十二票。」

許多視線都望向我這邊。綾小路組也不例外地看了過來。

「意思就是說……他被別班投了很多張讚美票，對嗎？」

週末連解釋和說明的時間都沒有。

會被拋出這個疑問，也是我已經預測到的。

不過，我不能在這裡口若懸河地說明。

我在這個班上的階級處於後段，並不是處在可以威風凜凜地說些什麼的立場。

「關於這點，就由我說明。」

堀北率先這麼說。

「等一下，我們希望綾小路說明。因為我們的好朋友……可是消失了耶。」

「應該沒辦法吧？」

堀北站起來，袒護我似的開始說起話。

「沒辦法……這是為什麼啊？」

「因為這大概是綾小路同學自己也搞不太清楚的事件才對。」

「……綾小路也搞不清楚？」

「嗯，如果要簡單地說明，意思就是一切都是坂柳同學籌劃的作戰。我以自己的方式試著推理過她為什麼會做出這種事。這點我也會說明下去。」

堀北依序說明，淺顯易懂地回答：

「首先，她把山內同學當作目標，說會給他讚美票，所以要他放心。事實上山內同學最後也在講那件事情，所以不會有錯。可是，她應該還是在背地裡決定要把讚美票投給其他學生。」

「話是沒錯啦，但我是在說為什麼是綾小路。」

「是啊，那你怎麼認為呢，須藤同學？」

「這——例如，這也可能表示綾小路其實是個厲害的傢伙吧？所以才會判斷他值得讚美……之類的。」

「你見過他厲害的模樣嗎？我對他的印象就只是腳程很快的學生。」

「這……唉，雖然我也這樣想。」

「筆試也沒留下什麼好成績，除了腳程快，他在體育層面上也完全沒有引人注目的要點。倒不如說，看見他腳程快卻不伴隨其他好表現，甚至讓人覺得他有可能是運動白痴。話雖如此，他更是沒有那種能言善道的形象呢。」

這完全就如周圍對我的理解，完全沒有值得否定的要素。

「總之，這不可能。」

堀北果斷且毫不猶豫地斷言。

「意思就是他只是偶然被選上嗎？總覺得無法接受耶。」

「你想想。假如綾小路同學是個厲害人物，他們會特地做出給那種人物送上保護點數的舉止嗎？把讚美票投給自己覺得棘手的對象，沒有比這更愚蠢的事。如果要說有投票的例外，也就只有從一開始就可以預測應該會贏得讚美票的一之瀨同學了吧？」

事實上一之瀨就被投下總共九十八張的讚美票。這是因為「如果要把讚美票投給某個最後會令人意想不到的學生，倒不如把票疊在一人身上」的想法所導致的結果。

「確實絕對不會把保護點數交給棘手的對手呢——」

「不會不會。」

配合堀北的說明，惠以及佐倉，還有許多男生們都表示同意。

「雖然不知道山內同學為何被坂柳同學視為攻擊目標，但假設她期望山內同學退學，就能理解這所有一連串的經過了。就如她所想，我們班級有可能是山內同學跟綾小路同學的一對一對決。既然這樣，讓多數讚美票集中在綾小路身上，就可以只把退學機率集中在山內同學身上。」

「總之……春樹會退學是坂柳的戰略嗎？」

「沒錯。然後綾小路同學被選上——被利用也單純是個偶然。他是既不起眼，也不會對A班造成危害的人物。他就是像這樣鎖定出來的結果吧？」

這個說明基本上充滿對我有利的內容。

堀北的說明中，不存在能隨意切割我的辦法。

「盯上山內同學的理由、保護綾小路同學的理由，我能想像的就只有這些了。」

須藤跟池被這麼一說，也只能接受了。

但須藤還是會忍不住反擊吧。

「你不高興我維護綾小路同學嗎？」

堀北看著須藤這麼問。

須藤沒有直接回答，而是撇開了視線。

「我會維護綾小路同學，是因為我有自覺山內同學退學的最大原因不是他，而是我。」

在班上揭露山內的戰略，把他逼到絕路的就是堀北自己。

「要說有對象該責怪的話，如果不是我，那就太奇怪了呢。」

「這……」

須藤不可能責備堀北。

他其實很清楚。清楚不需要的學生被捨棄無可奈何。

可是，不管我再有優勢，這也不是所有人都可以全盤接受的事情。

要說為什麼，因為實際上我就是得到了保護點數。

只有一個人在安全範圍旁觀著這場考試。

「這次的特別考試……我可以當指揮塔的人選嗎？」

我算準時機這麼開口。

雖然坂柳還沒有聯絡，但若是這種情況，她應該百分之百會是指揮塔。

既然這樣，如果我不也是指揮塔，以勝負來說就不會成立了吧。

「我在上次的班級投票給班上帶來不信任感是事實。既然這樣，我想藉由在這次考試成為犧牲者，消除這些疑慮。」

「綾小路……」

須藤有點驚訝地看著我。

「這不是很好嗎？這樣誰都不用退學，而且綾小路也不會受到懷疑！」

池心想可以沒人退學就解決，因此對我當指揮塔表示贊同。

「不，等一下啦。哎呀，綾小路同學願意接下來是很令人開心啦，但我可能會有點反對由他當指揮塔。」

對這件事插嘴的是個讓人意想不到的學生——篠原。

「如果拜託綾小路同學，確實輸了也有保護點數，所以任何人都不會退學。可是，你們不覺得這就像是從一開始就放棄勝負地在參賽嗎？該說這是為了輸而做的準備嗎？畢竟就像堀北同學說的那樣，綾小路同學很普通。」

她看不見「由我做出一切指示」這種關係圖獲勝的前景。

「假如變得要跟A班或B班對決，坂柳同學跟一之瀨同學不是就會出馬嗎？指揮塔好像也很重要，綾小路同學是不會有勝算的。你知道我們輸掉的話，大概就會重回D班嗎？」

面對篠原這種見解，部分學生也點頭表示確實如此。

「我在想，最好還是姑且招募指揮塔的候選人會比較好。」

然而這個位置要背負退學風險，大概沒有學生會輕易舉起手。

如果是平常，平田說不定會成為大家的依靠，但這次行不通。

他現在根本不打算參與討論，只是獨自低著頭。

這種狀況下，如果要說有唯一不害怕退學並參選指揮塔的學生……

大家都同時看了堀北。

不過，這次這種情況，恐怕——

「很抱歉，我也想避免背上退學的風險。如果綾小路同學願意當人選，那我也會很感激呢。就像篠原同學說的，如果變成跟A班或B班的戰鬥，老實說現階段也沒有獲勝的絕對保證。」

「不過啊——堀北同學明明到剛才都在袒護綾小路同學，現在卻想讓他當指揮塔呀？」

聽著這些話的惠這樣吐嘈。

「因為我覺得不遺餘力地證明他跟山內同學退學無關，他說不定會願意當指揮塔作為謝禮。」

堀北在某種意義上巧妙地堵住了我的退路。

就如我的預想，堀北似乎抱著把指揮塔的工作全部交給我的目的。

這傢伙把我的實力看得比其他學生還要高。

她應該是判斷比起找個半吊子的學生，在這裡把指揮塔交給我才妥當吧。畢竟就算輸掉，最壞的情況靠保護點數也總會有辦法。

「還有其他人要當指揮塔的人選嗎？」

假如要准許反駁，那也只有指揮塔的候選人才有資格反駁。

然而沒有出現其他願意背負退學風險的學生。

「雖然說是指揮塔，但我們還是可以事前做好縝密的商量。只要當天請他遵循那些指示與模式行動，不管誰是指揮塔應該都沒太大的差別。」

「說得也是。」沒有深入思考的學生表示接受。

「不管怎樣馬上就要上課了，校方也不會幫我們安排時間，我們還是排時間在某處集合會比較好呢。」

目前平田沒有率先行動，似乎會由堀北扛下統籌班級的職責。

對戰對象

當天午休，C班「幾乎」所有學生都到了教室集合。

沒有自備便當的學生們出去買了東西，但預計馬上就會再次集合。

我身為採買組的一員也離開了教室一趟。

並移動到無人煙之處聯絡了兩個地方。

第一個地方有預先用手機寄過郵件，所以很快就聯絡上了。

接著是另一處。

做完這件事情，買完東西之後，我就回到了教室。

有兩個人沒有回來。

一個是任何人都綁不住的男人——高圓寺六助。

另一人則是平田洋介。

變成是除去這兩人，有三十七人集合的狀態。

「平田同學似乎不出所料不會參加呢。」

「好像是吧。」

雖然聽見旁人擔心的聲音，但時間正分秒地流逝。

決定項目的討論次數，即使只是多一次都好。

「說什麼洗心革面啊！結果那傢伙還不是沒有認真參加！」

我可以了解須藤會語氣激動、想要生氣的心情。

應該有學生期待高圓寺或許表面上會認真起來。

但現實沒這麼天真。

不對，也可以說人沒那麼輕易改變嗎？

同學口齒不夠伶俐，高圓寺應該就相對地可以一直遊手好閒下去吧。

但我不認為那套手法會一直行得通。

班級投票那類考試遲到都會到來。

到了那時，要付出代價的就是高圓寺自己。

「不管他了，開始討論吧。可惡！」

「光是焦躁都是自己吃虧。好啦，我把老師給的有關項目的指南手冊先影印下來了，會發給所有人，我打算讓大家在用餐時間中熟讀，並在放學後舉行具體的討論。」

現在沒有主持人，只能由堀北主導帶領班級。

「有什麼不懂的地方，就算是一邊吃飯也沒關係，可以請大家隨時找我提問嗎？」

已經讀完指南手冊的堀北，似乎沒有地方有疑問。

1

在這天課程平安無事結束的放學後。

茶柱告訴我們當上指揮塔的人要立刻到走廊，然後就先行離開了教室。

之後最先離開座位的人是平田。

「那個……關於項目的討論——」

一名女生西村急忙試著搭話。

平田沒把這些聲音聽進去，而是靜靜地離開了教室。

「平田同學……」

西村還有其他學生都清楚地見識到平田強烈的拒絕氛圍。

要說有唯一的例外，那就是高圓寺了。他就像在說自己沒注意到一連串的騷動般，一臉事不關己地看著手機。

「我……去一趟洗手間，馬上回來！」

這麼說並站起來的人是王美雨——被大家稱做小美的學生。

雖然說是洗手間，但她恐怕是去追平田了吧。

「既然他派不上用場，還是只能由我來進行了呢。」

堀北率先準備前往講台。

「抱歉，後續就交給妳了。我還有指揮塔的事情要辦。」

「嗯，是要在多用途教室決定對決班級吧？拿到選擇權，就選擇D班。」

「我知道，但可別抱著期待喔。」

我離開座位，然後出了C班。

負責指揮塔職責的我來到走廊。

「這次是你嗎，綾小路？到底誰才是指揮塔？」

茶柱傻眼地嘆氣，望著應該是那兩人消失而去的方向。

「指揮塔是我喔。」

「……哦？」

我跟茶柱會合，前往特別教學大樓。

「不過是決定對戰班級，居然還要到特別教學大樓啊。」

「因為還要說明當天系統的使用方式。」

特別教學大樓人煙稀少，腳步聲纏繞在耳邊格外揮之不去。

「都難得拿到保護點數了，你還真辛苦呢，居然被推派成指揮塔。」

「我不是被推派，是自己參加候選。」

茶柱停下腳步。

「……你自己參加？」

「有什麼奇怪的嗎？」

「你不是討厭引人注目嗎？」

茶柱提出這種疑問。

「這也只有我是被動擔任，或不是被動擔任的差別。」

「原來如此，不論如何當時都不是可以拒絕的氣氛嗎？」

擁有保護點數的學生勢必容易成為指揮塔。

如果拒絕的話，就會變成只有一個人在安全範圍。

這就是要被人壓著墜落懸崖，還是要自己跳下去的差別。

「不過，不論形式如何，既然當上指揮塔，就會產生重大的責任。假如你放水的話，就會讓C班敗北。」

因為四下無人，茶柱就做出強勢的發言。

「這是在威脅我嗎？」

我看過去之後，茶柱就輕輕地笑了。

「你要怎麼想都沒關係，不過我很期待喔，綾小路。因為這樣就終於可以見識到你的實力了呢。」

以A班為目標的茶柱似乎對這部分寄予厚望。

「我不保證能贏。」

「是嗎？很不巧，我無法想像你輸掉的模樣。」

後來，我跟茶柱之間就沒有特別聊些什麼了。

2

位在特別教學大樓的多用途教室——那裡似乎會變成這次特別考試主要的教室。

「看來除了你之外的三個人都已經到了。」

教室的門被打了開來，映入眼簾的是負責各班的班導以及學生們。A班是坂柳，B班是一之瀨，D班是金田。

就如大家預料的那樣，全都是擁有保護點數的學生們。

然後我們對面擺了兩台電腦，還有共通的大螢幕。

「現在各班的指揮塔都集合了，我想進行決定對戰班級的程序，要請你們各抽一張籤。抽到貼著紅點紙張的學生會被賦予選擇權。」

盒子放著籤。

盒子遞來我們這邊。老師催促學生從A班開始抽籤，坂柳卻拒絕這麼做。

「有句話是說——剩下來的東西有福氣，我可以在最後抽沒關係。請抽籤，一之瀨同學。」

「那麼，我就不客氣嘍——」

抽籤從一之瀨開始。以B、C、D依序抽籤。紙張並沒有摺起，款式是抽起來馬上就會知道結果。D班的金田抽中了有紅色記號的紙張。

換句話說，D班得到了選擇對戰對手的權利。

「似乎也不用確認最後一張了呢，真嶋老師。」

真嶋老師拿起剩下的最後一張籤。當然，那裡並沒有紅點。

「看來剩下來的東西並沒有福氣呢。」

「這也難說吧？畢竟不一定是我抽到才幸運。」

「這果然是因為A班不管對上哪一班都很游刃有餘嗎？」

「才沒這種事。可以的話，我會希望避開妳的班級呢，一之瀨同學。」

坂柳以不知是客套話還是真心話的形式這麼說。

「告訴我你要指名的班級吧。」

金田在真嶋老師的催促下輕輕點頭。

早上到放學後的這段期間，D班應該也進行過討論了吧。

討論跟哪一班對決的勝率最高。

「那麼我就恭敬不如從命。D班——希望與B班對決。」

金田告知了令人意外的宣戰對象。

「那就B班沒問題吧？」

「是的。」

真嶋老師反覆確認以後，就讓對戰班級決定了下來。

D班確定對上B班，所以A班與C班的對決也自然而然確定了下來。

「我還以為你一定會瞄準C班，結果卻是B班啊。為什麼呢？」

坂柳尋求理由，詢問金田。

「為了從現在開始就以逆轉為目標，我們必須奪取盡量前段一點的班級的點數。話雖如此，但我們現在還是會想避免跟A班戰鬥呢。」

判斷對上A班還是會很辛苦，因此瞄準了B班。

「這樣呀。就我的角度來說，可以避開B班這個強敵也算是幫了大忙。祝你們D班考試順利。」

坂柳感謝金田似的行禮。可是，事情變成這樣也是有些算計的。雖然金田會獲得指名權當然是個偶然，但不管是誰來抽籤都預定會變成這樣。

我在放學前的期間預先聯絡了一之瀨跟石崎。

表示希望他們把跟A班之間的對決讓給我。

一之瀨似乎很單純地預定把A班當作對戰對手，但因為要還我人情，才接受要讓給我。石崎他們則似乎從一開始的方針就是指名B班，原本就不會跟他們有衝突。

這一切都是為了跟A班坂柳之間的對決。

唯一麻煩的就是我拿到選擇權的情況。

因為我被堀北交代選擇D班，到時候就會需要一點藉口。

抽中的機率是四分之一，我沒那麼擔心。總之，這邊的交談已經都內定好了。坂柳大概也很清楚我有做了一定的前置安排。

各班的比賽對象就這樣決定了下來。

「那麼，我要說明為了特別考試當天而備的系統。我們會在這間多用途教室裡使用兩台這種電腦來進行。指揮塔要在這台電腦上，全部及時選出把誰配到什麼項目。」

大螢幕左側的電腦畫面被大大地播了出來。

茶柱操作那台電腦，真嶋老師則繼續說明。

「這是A班學生的一覽表。操作滑鼠，拖曳你們要選擇的學生的大頭照，接著丟入項目框內。如果弄錯或是想在中途變更，只要用滑鼠把它丟到框外就可以再次選擇。或者，你們也可以使用指尖觸碰畫面的方式。」

「總覺得好像在打電動呢。」

「真的呢——」

一之瀨與星之宮老師來了一段有點愉快的對話。

「各個項目選擇學生都有時間限制，那就是現在正在倒數的數字。項目所需人數越多，就會有越多時間選擇。你們可以想成每人大約是三十秒左右。」

總之，如果是十人的項目，就會有三百秒。

「假如時間內無法完全選完，不夠的學生人數就會隨機挑選，還請你們留意。反之，如果人數過多就會隨機踢人。」

換句話說，不允許超時。

「考試開始後，考試的情況就會在大型螢幕上即時播出。」

螢幕上播出那種會在電視上播出的將棋對局畫面。這是範例影像。

「關於指揮塔的干涉，將會在考試開始後以文字表示出來，可以隨時在自己的螢幕上進行確認。」

螢幕暫時切換成電腦的畫面。

上面顯示「可以喊停，並由指揮塔重新下一手」。

這就是事前說明過的「指揮塔干涉」吧。

「你們可以確認內容，同時也可以點擊讓干涉發動。請你們記住。」

螢幕又切回了對局。

「指揮塔傳出指令的方式不是以通話的形式，而是採用以機器自動唸出訊息內容的機制。只要打出文字並按下確認鍵，就會傳給出賽者的對講機。」

意思就是說，接著那些訊息就會由機器自動唸出並且傳達嗎？沒有設定成通話形式，大概是為了防止不正當行為吧。這次例題上的干涉是「指揮塔可以重下一手」，但只要巧妙地組合對話，也可以傳達兩三手呢。

「如果指揮塔做出超脫干涉的行為，那個當下也會有被宣告犯規並輸掉的情況。」

果然是這樣嗎？還是想成文章內容都會逐一受到第三者的確認會比較好。

「每個項目都只會有一個人配戴對講機。即使是團體賽，可以接收指示的也只有一個人。要讓誰戴上對講機，也要由指揮塔指定。」

要做的事似乎比想像中還要多。

雖然這大概都要預先決定，但我還是必須不停地假想不測的事態。

「在遵守規則的前提下，指揮塔的每道指示都可以在任意的時間點插入。」

在自己的電腦上顯示或切換畫面都是隨時自由，而擴大和縮放畫面也可以。

像是觀察項目中的學生們，或是準備下一個項目——指揮塔能做的事很多。

「以上就是指揮塔的職責以及操作方式。有什麼疑問嗎？」

真嶋老師看了大家，但大家看來都沒有不懂的問題。

「那麼，今天就在此結束。如果想要再度確認操作方式等等事情，只要是在考前一個星期，都允許你們在老師的陪同下於多用途教室進行。以上。」

於是，對我們指揮塔的說明就結束了，接著也被告知了解散。

我回到宿舍，傳訊息告訴堀北對決班級的事情，然後就立刻開始思考指揮的職責。回想起來，我還是第一次像這樣正面挑戰學校的考試。

老實說，如果這是個人賽，我認為自己幾乎不可能會輸。

可是，這次考試是這種指揮全班的戰鬥方式。

我只能在班上擁有的能力範圍內戰鬥。

即使是孫子之類的稀世軍師，憑小孩子的軍隊對上獨當一面的大人，就是連萬分之一的勝算都沒有。

會成為關鍵的是指揮塔才可以利用的「干涉」，但為了戰鬥，說到底都需要一項大前提。

那就是掌握C班目前的潛能。

誰喜歡跟討厭什麼人，擅長什麼、不擅長什麼。

不理解這些組合，勝利之路就不會開啟。

然後，在這些資訊的收集能力、統籌能力的意義上，我的能力也是不足到在班上由下往上數會比較快的程度。我的狀況是甚至對於篠原和小野寺喜歡的食物都一無所知。

既然這樣，我應該先做什麼才好呢？

這還用說嗎？當然就是去找對班上很有了解的人物探聽。

這是很簡單，但無可避免的事情。

辨得到這點的就是「惠」、「平田」還有「櫛田」這三個人了吧。
我不想只從某人身上探聽，而是想要聽所有人說。
但現狀下願意協助的毫無疑問就只有惠。
平田處於無法振作的狀態，櫛田在班級投票上受到的傷害也很深。表面上沒有露出任何表情，但心裡應該很氣堀北。她是以多麼懷疑的眼光在看待我，也是個未知數，但我最好看成她的戒心比起以前增強了許多。
暮色開始加深的六點前。
一名訪客隨著門鈴聲前來。
我毫不猶豫地開鎖，然後把人迎接到房間裡。
「……哈囉。」
訪客……輕井澤維持著一身制服的裝扮。
「妳剛才都還留在學校嗎？」
「因為我跟你不一樣，有很多朋友呢。畢竟我今天也是主角。」
她的說法有點奇怪，並且往我這邊看來。
「妳是主角？為什麼啊？」
我表現得一副不能理解，她就有點生氣地別開視線。

「……不管怎樣都無所謂吧？別說這個了，你居然會在這個時間叫我，真是難得耶，還說可以不用防備四周。假如被別人看見的話，你不是會很傷腦筋嗎？」

她有點冷靜不下來地環顧著我的房間。

「沒關係。繞了這麼多圈，那種必要性也開始變得稀薄了。」

「是不是因為A班的橋本同學？還有也被高年級生看見我們交流的關係？」

「大致上就是那樣。」

「我跟你的關係開始一點一點地公開了呢……沒問題嗎？」

「完全沒問題。」

我立刻答覆，惠似乎放下了心，她安心地吐了口氣。

「既然這樣，那也是沒關係啦。」

確實有些行動也是我跟惠的聯繫不被人知道才辦得到。

但狀況開始一點一點地改變了。

再說，今後比起間諜般的活動，請她在檯面上行動會比較好辦事。

「可是啊……我們好歹也是同個班級的男女生喲。假如被看見我來這裡，不就會傳出我們兩人獨處的奇怪謠言嗎？」

她是會在意這種事情的人啊？

「這次我負責指揮塔的職責。就算把妳這個C班的核心叫出來，也稱不上是有多麼強烈的不自然。」

我為了讓她放下心，姑且像這樣先補上了場面話。

「嗯——唉，是沒錯啦。」

關於這點，惠的心裡似乎還是有些疙瘩。

「是說，你怎麼會接受什麼指揮塔的職位啊？你不是有保護點數就會因此內疚的人吧？」

不愧是對我有一定的了解。

「先不談內心想法，這也是因為有同學看待我的觀感呢。再說山內才剛退學，班上變成疑神疑鬼的狀態。先那麼做才是最好的選擇。」

「就是因為這樣？」

「就是因為這樣。」

「如果是我的話，我不管被說了什麼都不會當指揮塔就是了。」

惠的情況是因為她建立了那種地位。就算她強勢地表示保護點數屬於自己，也不會受到任何人的苛責。這實在很厲害。

「先不說這些事情，告訴我班上的內部狀況吧。」

「內部狀況啊——該從什麼地方說起呢？我也不是全部都了解喔。尤其是男生的狀況，我一

點也不熟悉。」

「那沒什麼問題。畢竟可以的話，日後我也想個別跟櫛田和平田探聽呢。」

這只是個展望。

是否真的會實現，現狀下還是個未知數。

「如果可以從那兩人那邊問到的話，當然就可以理解班上一切了吧……」

惠鬱悶地雙手抱胸，開始說起話來：

「櫛田同學就暫且不論，但現在的洋介同學應該沒辦法吧？精神上似乎相當虛弱。」

「妳也很在意嗎？」

「算是吧。不管是C班的任何人來看，應該都不樂見洋介同學的現狀吧？」

C班沒有平田在，確實是有百害而無一利。因為沒有緩和劑作用的人物，班級會缺乏安定感。

「總之，就先從妳開始講起。」

「總覺得由我來講會不好說明，你用提問的形式嘛。」

如果她期望那樣，那就由我來問她每個女生的狀況吧。

我按照學生名冊的順序，把C班所有女生的個人資料輸到了腦中。

「──應該就是這種感覺。」

雖然是十分鐘不到的時間，但可能需要的資訊，大致上都從惠身上問出來了。

「欸，不在什麼地方做筆記也沒關係嗎？叫我再說一次，我也不會說喔。」

「沒問題。」

「你全都記到腦中了嗎？」

「大致上。」

「啊──是喔。厲害厲害。」我被她用看起來不像在稱讚人的態度稱讚了。

「話說回來，我們對戰的對手是A班吧？再怎麼說這次都會很辛苦吧？」

「要戰鬥的不是我，而是你們這些同學吧？就算指揮塔再怎麼有辦法介入，也不是都可以扭轉戰局的。倒不如說，妳那邊沒問題嗎？」

「我、我？我啊～……」

她好像打算自己說些什麼，卻什麼也說不出來。

「……不要安排我上場喔。」

「那不是光靠我就可以決定的問題。視對手的戰略而定，應該也有可能要出場兩次左右。」

「不不不，我沒辦法。我既不擅長讀書，也不擅長運動。」

她搖搖頭，強調自己不想出賽。

「清隆的話，就算是坂柳同學也贏得了啦。」

她豎起了大拇指。她只是想減少自己的出場，還有不想扛責任而已吧。

不過，實際上惠也無法完全算出我的程度到哪裡。

「任何人對你都不抱持期待，所以相對地很輕鬆吧？」

「算是吧。」

這種輸掉也是理所當然的狀況，要說輕鬆確實也很輕鬆。

「所以，你要說的難道只有這些？這就是必須直接見面談的事情嗎？」

「如果只有這樣，電話上說不就好了。」她噘起嘴。

「有些事情也是直接見面說才會了解吧。」

這似乎不是惠期待的答覆，她的表情依然顯得很僵硬。

「哦……總之，話題結束了吧？那麼……我就回去嘍。」

她應該是認為沒辦法在狀況中看見變化了吧。

最低限度的交談結束之後，惠這麼說道。

「還有需要的話，我會聯絡妳。」

「……是是是。」

她露出期待些什麼，卻又放棄似的表情。

但她好像打算貫徹意志到最後，所以沒有主動說出口。

雖然就我來講，她願意說出口，我會比較容易行動……

「等一下，我還有些話要說。」

那個為了在她進我房間時不被她看到，而收到抽屜裡的東西。

我為了拿出那東西而站了起來。

「幹嘛……有話要說就快點說啦。」

「今天是妳的生日吧？」

「咦——原來你很清楚啊……？」

我從抽屜裡拿出預先準備好的東西。這是我拜託學校的店家寄過來的東西，也請他們做了生日禮物包裝。

「我只是稍微捉弄妳一下。」

「不、不要夾雜奇怪的假動作啦，要是有禮物就快點給我嘛。雖然我從其他朋友那裡收到了很多好東西，所以門檻有提昇就是了呢。」

她這樣說完之後，就臉背對著我，把手往我這邊伸過來。

我看見她這種模樣，就決定不立刻把禮物交給她。

「妳很想要？」

「沒、沒沒沒有啊。」

「如果沒有的話，那我也沒必要硬送妳了呢。」

「啥、啥！既然都決定要送人，那就給我送到最後！」

她說了這句讓人搞不太懂的話。

「這也兼做是白色情人節的回禮呢。」

「出現了……這就是所謂的因為麻煩所以合在一起送嗎？」

她傻眼地嘆著氣，然後從我這邊收下禮物。

那是四角形的小盒子，而且很輕巧，所以惠露出了有點疑惑的表情。

「有放東西嗎？」

「我可沒有交出空盒的勇氣。」

因為如果做出這種事，惠明顯會生氣。

「那我要在這裡確認，可以吧？」

惠打算確認盒子的內容物，我就像是在接受警官的盤問。她仔細地將送禮用而包裝上去的包裝紙拆開，並取下出現的那個盒子的蓋子。

從那裡可以看見閃著金色光芒的金屬片。

「這……這是什麼啊！」

她這麼表示驚訝，但不管誰來怎麼看，這是什麼東西都很顯而易見。

「這是項鍊。」

「這、這看了就知道啊！總覺得這禮物有夠沉重！」

「沉重？」

「因、因為項鍊之類的，根本不是送朋友等級的東西吧！」

就算妳這麼對我說……

我不太懂惠在說什麼，於是歪了歪頭。

但惠何止沒有回答，似乎還有話想說。

「而且、而且啊！這感覺又不適合我！愛心形狀這類的！」

她是在說項鍊核心部分附著的愛心形狀吧？

看來我送的生日禮物不是什麼好東西。

「愛心形狀這類的！」

她好像相當不喜歡這個部分，再次強調。

「哼、哼！」

她紅著臉抗議，就算是我也會受到一點傷害。

不論對象是誰，禮物都是為了讓人開心而送的東西。

「這不是很貴嗎？」

「不便宜呢，兩萬左右吧。」

「兩萬……為什麼要特地挑這麼貴的項鍊啊……？」

「妳問為什麼……」

惠的臉變得更紅，同時往我看過來。

在這邊似乎老實回答會比較好。

「老實說，我沒有送過女生生日禮物。所以，我就想說總之先蒐集情報，於是在網路上搜尋，結果就在大型網購網站『樂觀市場』上，被推薦說排名第一的女性生日禮物就是這家店的項鍊。上面寫著也大受女高中生歡迎。」

我記得它被譽為不論是不是戀人，都最適合拿來當作回禮。

我判斷要合送生日跟白色情人節，會需要一定的金額。

「唔哇……」

總覺得被她用反感的眼神看待了。

我說不定有點搞錯了。

「你明明就很聰明，原來這種地方有點笨啊。倒不如說是不諳世事呢。說起來，就算說大受女高中生歡迎，但這種東西女生都會想要自己挑，畢竟也會有適合自己的款式和品味呢。不過，讓人安慰的是這不是需要確認手指尺寸的戒指……明白說的話，我的評價在一百分之中大概會是十分左右。」

儘管準備了昂貴的禮物，結果似乎還是很悽慘。

她對我講述了女高中生為何物。我確實有不少地方應該反省。

那是我出於好意挑選的東西，但如果被說是否真有考慮過對方的心情，也會留下疑問。

「假如我隨便挑個點心禮盒呢？」

「應該會提昇到十五分吧。」

比起將近兩萬圓的項鍊，點心禮盒居然還比較好。

「既然都拆封了，就不能退貨了吧。如果不需要的話，妳就擺著然後回去吧。點心禮盒就可以的話，那我之後會再準備。」

我感嘆著自己學得不夠多，並且這麼提議。

比起十分，就惠來說十五分也會比較開心吧。

雖然我這麼想……

「…………」

惠看了看項鍊，然後又看了看我。

接著把那條感覺她會收回盒子的項鍊戴在脖子上。

說要借個鏡子，就在我房間的鏡子前面確認起自己的頸部。

「嗯——心形就跟我想得一樣有點孩子氣呢，但我的底子很好，所以戴什麼都適合——」

妳這個高一生是在說些什麼啊——我並非完全沒這樣想，可是惠是認真的。

她用自己的角度確認項鍊看起來如何一陣子，然後滿足地點了頭。

我以為她只會試戴就還給我，但她把項鍊細心地擺回去之後，就把盒子放入了自己的背包。

「唉，畢竟這也是你第一次送女孩子的禮物吧？我就姑且收下。」

「……若妳不介意的話。」

就算被她退回，那也不是可以送給其他人的東西呢。

班級欠缺的東西

對決班級決定下來的隔天。

討論似乎跟昨天一樣，是安排在放學過後。這天的午休沒有特別的限制。

決定跟平時一樣，綾小路組集合吃午餐。

我立刻在教室的邊緣與大家會合，然後開始移動。

「昨天討論到哪裡了啊？」

我決定直白地向朋友們詢問昨天的事情。

因為指揮塔集合決定對戰班級，包含說明之類的在內大約就是一個小時。等我回到班上的時候，已經是學生們都踏上歸途之後了。

「你沒收到堀北同學的聯絡嗎？……或許也理所當然呢。」

愛里說得很含糊，但她不久之後還是說了出來：

「不是有個項目的指南手冊嗎？結果大家在了解規則上都非常吃力……」

「那根本算不上是討論，完全是在浪費時間。」

啟誠傻眼地嘆氣。

光靠午休期間填補，大家好像還是無法徹底理解。他們暫且只有掌握規則就結束討論了嗎？要說這很像C班，確實也是很像C班。

「再說，問題不只有班上。」

「這什麼意思，小幸？」

「在學校用地裡可以一次集中眾多學生的場所很有限吧？」

「這個嘛，如果像在卡拉OK或購物中心的長椅，四十個人沒辦法呢。怎麼了嗎？」

「昨天的討論結束之後，我是最早離開教室的人……當時有好幾個A班學生呢。就站在C班旁邊的走廊。」

「這又怎麼了嗎？」波瑠加跟愛里一副不可思議地互看彼此。

明人好像也不懂，但過了不久就發現到了。

「……你的意思是間諜？」

「沒錯，這次的考試，我們在班上決定的資訊將會發揮功用，對吧？光是仔細聆聽C班的討論就可以弄到一定的情報。」

什麼項目可能被選上，或是誰擅長什麼事情。

先盡量獲得更多材料，一定會比較有利。

這代表著戰鬥已經開始了。

「從這個觀點來看，C班的起步已經慢了。」

「真可怕，原來坂柳同學已經行動啦。」

波瑠加打冷顫似的搓自己的雙臂。

「那我們呀，也從A班那裡蒐集情報會比較好吧？這就是所謂的以眼還眼，以牙還牙。」

「只要反過來還以顏色就好。」波瑠加說。

不過，啟誠沒有輕易予以肯定。

「如果可以輕易做到，就不用辛苦了吧。」

「咦？」

「大概不只有我吧，堀北等人應該也很清楚，清楚做出那種事也沒用。妳覺得那個A班如今還會在教室集合將近四十人進行討論嗎？」

欠缺統籌的C班，不管做什麼都要先從統整的地方起步。

不像A班那樣，是站在坂柳等部分前段學生決定所有方針的立場。

誰要擔任指揮塔，誰要思考項目，誰要蒐集資訊。

對方在考試開始的瞬間就決定了職責。

就算他們在教室裡安排像C班那樣的討論，為了阻止偵查，至少也會先派兩三個人看守。

「不過啊，姑且刺探一下也好吧？他們也可能會大意。說不定其實就光明正大地集合在教室裡討論喲。」

「假如真是這樣，我反而覺得可怕呢。我會懷疑在那裡流出的情報可信度。」

如果聽來的資訊是假的，也只會浪費時間。啟誠的想法正中了要點。畢竟情報是要隱瞞的東西，沒被隱瞞的情報應該要懷疑。

「可是打資訊戰本身絕對必要。關鍵的是方法呢……」

「我們……贏得了嗎？」

似乎已經陷入被包圍般的感覺，愛里不安地這麼透露想法。

「這個時間，看成是已經被超前一兩步會比較好呢。」

什麼事都還沒決定下來的C班沒有任何地方占優勢。

「不過，想不到居然變得要跟A班戰鬥呢——」

「抱歉啊，因為我抽籤輸了。」

實際上就算我贏了也會選擇A班，但我表面上還是先致歉。

「啊，沒有，不是啦！抱歉抱歉！我一點也沒有在責怪你！」

波瑠加好像比想像中更嚴肅地理解了這句道歉，而表現得很慌張。

「叫他把中獎機率四分之一的籤抽過來，再怎麼說都很嚴苛呢，波瑠加。」

明人也抛出這種話，令波瑠加感到畏縮。

「就、就說我不是那種意思啦……」

她好像想改變情勢，而稍作思考後——

「要是他們可以稍微放水就好了呢，畢竟對手是C班。小三你也這麼認為吧？」

「手下留情啊……她看起來是那種人嗎？那個坂柳。」

「……看起來完全不是。不只是擊潰山內同學，她好像也會徹底欺負C班。」

波瑠加厭煩地仰望天花板。

「但清隆還真是災難連連呢，居然要在這種狀況當指揮塔。」

啟誠慰勞我似的拍拍我的肩膀。

「不過，有保護點數也是事實。除了由我當指揮塔之外，別無選擇。雖然我並不想輸，但老實說，任何人都沒有退學的擔憂，就是值得慶幸的地方了。」

我可以對朋友說的，就是這些了吧。

畢竟不論有什麼理由，我都任性地導致大家要跟A班對決啊。

「對戰對手是A班，假設輸了，也不會是清隆的責任。」

「畢竟坂柳同學也會出來當指揮塔呢。」

外人的評價是一百人之中會有九十九人認為坂柳會贏。即使就這點來看，我就算輸了，在班上的立場也不會改變。反之，就算我贏了，也只要把這次的勝利安排成是堀北的領導、縝密的戰略發揮功用。

「不過……要贏應該很難吧？」

啟誠雙手抱胸，也放棄般地吐了口氣。

然而，當中的明人卻說出讓人意想不到的發言：

「也不一定因為對手是A班就絕對贏不了吧？」

「是嗎……？哎呀，雖然我也不是想要輸……」

「雖然這並不是密技，但還是有辦法從A班奪下勝利吧？」

明人這樣說，並開始說明：

「這場考試宣布時，我也認為跟前段班戰鬥很亂來。可是，因為池的偶然發言，我可以找到一點點的勝算了。」

「池同學說過的話？是說，難道你是指猜拳？」

波瑠加回想般地說完，明人就點頭表示肯定。

「我一開始認為那是很蠢的項目，不過，如果那是運氣要素在影響項目，不論對手是誰，都一定有五成上下的勝算。不管是抽鬼牌還是大富翁，當天提出五種運氣會大幅左右結果的項目，我覺得應該也不錯。」

波瑠加聽見明人的這番說明，眼睛就亮了起來。

「如果用這種戰略戰鬥，不管是A班還是B班，不是都能勢均力敵地戰鬥了嗎！」

「是啊！我也覺得這是個不錯的點子！」

「不對……沒這麼天真。」

啟誠跟高興的三人相反，他冷靜地聽了這個戰略。

「雖然沒有試著好好計算還不確定，但這個戰略獲勝的可能性，大概不知道有沒有百分之五到百分之十吧。」

「咦咦？只有這樣嗎？我當然不會說是精準的百分之五十啦，但大概也有百分之二十到百分之三十左右的可能會贏吧？我們被選到五個項目並且拿下四勝，很困難嗎？」

「要變成波瑠加說的那種發展會需要相當的運氣。」

比賽的七個項目內有五個是C班的項目，而且還幸運地在自己的項目上拿下四勝以上的可能性。如果把各項目勝率以五成計算，並且把那些就機率推導出來……

我在腦中計算那些機率。

七個項目內，我們自己的五個項目全被選上的機率是百分之八點三三。

比完五個項目，並以百分之五十的勝率拿到四勝以上的機率是百分之十八點七五。

克服這兩點所推導出來的結論——就是百分之一點五六。

意思就是根本談不上百分之五。只憑運氣以勝利為目標應該很難說是個好方法。

話雖如此，這也是只看單純的一面，並且靠運氣拿下四勝以上的算式。

實際上，機率還會因為牽涉各種要因而有所變動，但這毫無疑問是不足以稱作戰略的東西。

既然如此，即使要背負一些風險，也應該把我們自己擅長的領域當作項目。

那種要指望五成運氣的項目，少一點會比較好。

「不行嗎？不，雖然我原本就覺得說不定會是這樣。」

「我想得太天真了。」明人搔搔臉頰。我突然發現愛里擔心地看著我這邊。跟她對上眼神後，她就露出了更加擔心的表情。

「清隆同學……那個，你沒問題嗎？指揮塔——」

隨著贏過A班的難度變得明確，她似乎因此想到了那件事。

「對呀，小清，就算有保護點數，你明明不必勉強的。」

波瑠加半是接續愛里的發言般地說著。

「波瑠加說得沒錯，至少我們不認為你跟坂柳有關係。對吧？」

所有人都點頭同意。被信任的感覺還真不錯。

「當然也有同學在懷疑各種事情，但因為堀北同學的說明，現在幾乎所有人都可以接受了吧——是說，我一開始還以為保護點數是個非常好的東西，但總覺得擁有之後，就會變成很棘手的東西呢——」

「我原本很羨慕可以拿到保護點數的人，但看見清隆同學，總覺得我也變成相同立場的話，果然會馬上就用掉呢。」

不管是誰都在荒野中風吹日曬，卻只有一個人在安全地帶的事實。要以半吊子的心情維持這份安全並不是件簡單的事情。啟誠對懦弱的愛里雙手抱胸，表示否定。

「我不管被周圍的人說什麼，都不會吐出保護點數就是了。」

「可是，即使這樣會招惹同學的反感、嫉妒、怨恨？」

「大前提根本就是錯的。我可不希望別人對我憑實力贏來的東西說三道四。倒不如說，為了保護自己，清隆就算是賭口氣也應該維持點數。」

啟誠憤慨地雙手抱胸，彷彿是自己成為犧牲品。

到現在都保持沉默的明人看著我說：

「畢竟實際上要跟A班戰鬥也很嚴苛，清隆願意接下，應該是件值得慶幸的事吧？換作其他學生，說不定就會變成二號退學者耶。還是說啟誠你的話，就可以當指揮塔的人選？」

「這……唉，說得也是啦。」

不過，我也不是不了解啟誠無法釋懷的心情。讓更有才能的學生當指揮塔，然後帶來穩固的勝利——他應該是想強調這種心態吧。

「這次也附帶著退學這種討厭的選項，但要是沒有這點的話，誰最適合當指揮塔呢？果然還是堀北同學嗎？」

愛里偏頭，一副想到好幾個人的樣子。

「唉——當然吧？或是平田同學和櫛田同學之類的呢？就算是小幸或許也不錯呢。」

成為指揮塔可能會留下安定結果的學生名字被列舉了出來。

「平田啊……還真不知他怎麼樣耶。」

明人好像認為對上A班的話題只會讓人憂鬱，於是改變了話題：

「欸，啟誠，D班跟B班的戰鬥，你怎麼看？」

即使話題一樣是特別考試，但他提到了另一方的對戰隊伍。

「贏的十之八九會是B班吧？畢竟合作能力不一樣，綜合能力也壓倒性高呢。」

「是呀——指揮塔果然也不是龍園同學，而是金田同學呢。」

不必害怕龍園不在的D班——這種想法恐怕是正確的吧。

不過，石崎他們D班在很早的階段就希望跟B班戰鬥。這件事意外地不容小覷。因為如果我的立場是要率領D班，那我會指名的對戰對象就是B班。A班有以坂柳為首的葛城、橋本這些無法大意的對手，還有在這個年級裡也擁有高學力的同學們。關於C班，他們應該不會認為跟我戰鬥很理想。當然，他們有方面也會期待我完全不拋頭露面吧，但基本上D班的優勢不是學力，而是身體能力。如果他們要以最大限度發揮那些能力，還是會希望先選擇B班。不過，目前還不到可以勝利或占優勢的程度，這只會是為了要提高不會輸掉的可能性。

實際上D班能否獲勝，大概要取決於接下來的選擇以及運氣。

現在還只是出現了一個小小的好兆頭。

「啊，你們看一下那邊。」

波瑠加一副輕聲自言自語的模樣，她的視線前方——是平田來到學生餐廳的身影。

他的腳步一看就知道沉重且搖晃，動作很類似喪屍或幽靈。

眼神中沒有活力，跟平時開朗的平田落差很大。

「他……病得很嚴重呢……」

波瑠加心想除此之外就沒什麼好說的，而這麼小聲地嘟噥。平田一直都是個比任何人都更替班上著想且行動的男人。自入學以來的一年間，班級可以不少掉任何人一路運作而來，平田的功績無庸置疑很大。

「這次的特別考試，平田大概是派不上用場了。光要跟A班戰鬥就很吃力了，我們從最初的局面就背著很大的負面條件呢。」

啟誠的發言也可以被當成是有點冷淡。

「我們——也沒辦法做些什麼呢。」

除了我們之外的學生，都去跟平田多次接觸。
雖然現階段似乎不管是誰的話語都沒有傳達過去，完全不見他有所變化。
倒不如說，因為他們碰觸了痛處，可以當作是很不必要地擴大了損害。
綾小路組沒有人跟平田特別親近。
我們得出了結論——這些成員們的聲音當然不可能傳達過去。
正因如此，我們對啟誠事不關己般的話語也沒有過度反應。

1

在終於開始正式討論的放學後，唯一一個立刻離席的人是平田。
「平田同學！」
「平、平田同學！」
好幾個女生同時呼喚平田，其中也有小美。
可是他沒有停下腳步，一副「班上變得如何都已與我無關」的態度。
他只是為了不變成班上的累贅，才會打算來學校上課，接著再踏上歸途。

應該只會重複這種循環吧。

「等一下，平田同學！」

「該等一下的是妳們。」

小美她們打算追上去，卻被堀北叮囑。

「接下來是討論時間，妳們打算讓人數繼續減少嗎？」

「可、可是……」

「現在任何人都拿他沒轍。來，回座位吧。」

堀北抑制了她們想衝出去的想法，並且讓大家就坐。

現在轉換想法、固定班級的方針才是最優先的。

「話說回來，高圓寺，你留下來了啊？」

面對這個男人意外的參與，須藤夾雜驚訝地這麼說。

「呵呵呵，我是這個班級的夥伴，當然會參加啊。」

他簡直像理所當然地說著言不由衷的話。

「不過，我希望討論這次就結束呢，我也很忙。」

「這是難以達成的商量呢。這次的特別考試無法一朝一夕就決定下來。就算決定好項目，為了讓那些項目勝利的行動也必須長期持續下去。」

堀北站在講台前，正面回絕高圓寺的希望。

高圓寺對堀北賊賊一笑，沒有繼續反駁。

他好像是抱著姑且聽聽這場討論的態度。

「既然這樣，我可能只會參加這次呢。」

高圓寺完全不動搖。不論班級的方針如何，他似乎都沒有團結合作的想法。須藤沉默地站起，但接到堀北的視線就立刻重新坐下來。如果又在這裡起糾紛，討論就永遠不可能往前。

「就我來說，我也只要安排得可以讓你下次也參加就好了。」

高圓寺對告誡般講述著的堀北露出笑容，然後雙手抱胸，蹺起二郎腿。

這是在示意請大家進行討論。

「那個啊——堀北，有關參加的項目，我有簡單的疑問，以及想問的事情。」

「什麼事呢，池同學？」

舉起手的池站了起來。

「說是合計要比七個項目，但這樣不就沒有我們的戲份了嗎？」

「所謂的我們是指誰？這是什麼意思？」

「呃——哎呀，簡單來說，就是指沒那麼厲害的學生嗎？我是在想啊，不特別擅長運動，而且也不擅長讀書的學生，是不是應該不會有戲份。畢竟也不是七個項目全都會變成人數多的項目。假如只有選擇少數菁英可以獲勝的項目，應該就會有不少人什麼事都不用做了吧？」
每個班級都有將近四十名學生在籍。
就算被選到一兩個人數多的項目，比七個項目的人數就是二三十人。
總之他好像是想說——視組合而定，會有將近一半的人不用參加。
「這還不知道吧？如果變成二十人之類的項目呢？」
惠對池的意見插嘴說。
「妳很笨耶——輕井澤。就算是足球，一個隊伍也是十一個人組成的喔，還有什麼項目會需要更多人數啊？我可是想不到半個耶。」
「這～……棒球之類的？」
「棒球是十個人吧？也比足球還要少。」
「棒球是九個人。」
堀北立刻銳利地指出。
「……唉，所以重點就是完全不需要我們嘛。」
「不，可是有啊。美式足球跟足球一樣是十一人，橄欖球好像是十五人。」
須藤舉出需要十人以上的項目。
「哎呀，可是啊——要比橄欖球嗎？我連規則都不知道耶。」

這雖絕對不算小眾運動，但對無緣接觸的人來說，卻是完全未知的領域。畢竟這也不是在體育課會上的運動呢。即使是A班學生也不例外吧。

我不太能想像要從現在開始練習橄欖球的那種發展。

就算當作項目申請也不知道會不會通過，而且不管對誰而言好處都很少。

「所以啊，我才覺得輪不到我們出場。」

「你想說什麼呢？」

「那個……我在想這種集合，或是後續的練習之類的，我們是不是都不需要出席。」

「我知道你想要輕鬆的心情。如果要做自己完全不想做的事，確實毫無疑問地會給精神帶來負擔。再說，寶貴的休息和休假都會被削減呢。」

「我、我是不會說到那種地步啦……」

「可是，我判斷所有人都有必要互相協助。」

「告訴我理由吧，如果是可以認同的內容，我就會全力輔助。」

須藤說道。

「因為需要多少人數要取決於對手的規則。例如說，我們被對手提議了排球。雖然通常排球是六對六的運動，但學生也有一定的權力決定規則。假如在限時三十分鐘的比賽上安排每隔十分鐘所有人都要輪替的規則呢？結果又會變得如何呢？」

「呃……因為六個人十分鐘就會被輪替……」

光是這樣就會有十八個人，幾乎是一半學生都要參加。

而且，由於一次需要的人數為六人，這可說是不論哪個年級、不論哪個班級都無疑可以參加的規則。校方也很容易發出申請許可。

「假如這種項目不只一個呢？要是結果揭曉，也可能所有人都必須強制參加兩三個項目。這點心理準備是必要的呢。」

這當然要取決於A班提出的項目以及規則。

在不讓我們輕鬆的意義下，說不定還會混入伴攻之類的項目。

「現在大概也有人還沒意會過來吧，這是比想像中還要複雜的特別考試。」

如果一個個地闖過項目，其中也會出現讓人覺得很蠢的內容吧。

就算有池說過的猜拳，或是撲克牌那種類型的項目也不足為奇。

因為為了無論如何都要拿下四勝，沒有裝模作樣的餘地。

不論內容變得如何，都需要可以確實得勝的項目以及人選。

「今天我也不打算耽誤各位太久的時間。」

倒不如說，就算綁住大家，也未必馬上就會出現好點子。

「所以，今天就暫且讓我為在場的所有人出個課題。明天放學以前，如果有『自己擅長的項目』以及『絕對不會輸的項目』，我希望你們想出來了以後，過來告訴我。不論是個人賽或團體賽都沒關係。」

在五個項目中，一定會想先放入的就是「一對一的項目」。不管對哪個班級來說，恐怕都會是有信心絕對不會被打敗的項目吧。但反過來看的話，不慎被打敗時的損害將會無可計量。擁有不輸人的特技或才能的學生才是最理想的。

「不過，如果不是校方認可的內容就不行吧？我不太了解基準耶。」

過度小眾的項目或規則會被校方拒絕。

不清楚這部分應該是多數學生都會有的問題。

「現在可以不用放在心上。因為是不是學校可以通過的項目，等到意見都齊全之後再思考就可以了。現在不管是什麼項目，我都很歡迎。」

「總之，像是格鬥遊戲、卡拉ＯＫ之類的，那種的也可以嗎？」

「嗯，不問類型。」

堀北再度確認這點，告訴同學不用擔心。這應該是個很正確的做法。

先從問出自己擅長的東西開始是很重要的。

「如果沒有任何一項擅長的事，那要怎麼辦呢？」

波瑠加對堀北提問。

「沒自信的人交出白卷也沒關係。畢竟採用沒有絕對自信的項目很有風險呢。」

雖然應該還是會希望大家盡量多提出項目，但也已經沒有時間嚴格挑選了嗎？現階段堀北的判斷沒有錯，因此我在旁看著情況似乎也沒關係。

「這樣好嗎？這麼早就結束討論。」

「如果這麼短的話，下次你也比較容易參加吧，高圓寺同學？」

「一次就是一次呢——我會參加的討論次數。」

「……可是，如果不請你完成今天出的『課題』，那可就傷腦筋了呢，否則就很難說你有參與過討論吧？」

「是要想出自己擅長的項目，對吧？」

他扶著下巴，保持著笑容。

「是啊，如果要說你參加過一次的話，唯獨那些結果，我必須請你提出。」

如果辦不到的話，就也要來參加第二次——堀北的目的是這樣。

高圓寺優雅地站起，只跟堀北說了句話：

「我沒什麼事情是辦不到的，因為我是Perfect human呢。」

「不管遇到怎樣的對戰對手，不論是怎樣的項目，你都一定可以獲勝——我可以這麼相信你吧？」

這有一半是挑釁，但有些地方她應該也會忍不住寄予期待。

面對這種詢問，高圓寺會回答什麼呢？

「我要在我參加的項目上帶來勝利——原來如此，我只要答應這點就可以了，對吧？」

「是啊，如果你可以辦到這點，這場特別考試就可以隨你高興。你今後不需要參加討論，我這邊也不會跟你尋求什麼意見。」

「喂、喂，鈴音。」

須藤對這件不得了的事情感到慌張，但堀北還是繼續說下去：

「但是你要記得，如果你不參加考試，或是在項目上輸掉……到時我就會懷疑你一切的發言，同學對你的不信任感也會激增。」

這真是不錯的點子，堀北。她的目的是打算藉由這麼做，在當天完全活用高圓寺。高圓寺的學力、身體能力都是頂級品，可是唯一的不安因素就是性格。她的打算是——如果當天他會請假或是不認真考試的話，倒不如現在先忍著。高圓寺究竟會怎麼回答呢？高圓寺離開教室的路走到一半，停下了腳步。

「我只會先說一件事。妳最好別以為那種話就能綁住我。我是不會輸給任何人的天才，這是事實，但決定要不要為了妳使用那些才能的是我自己。」

總之，高圓寺的答案實質上也可以當作類似是ＮＯ。要懷疑他今後的發言，或是同學的不信任性會激增都無所謂。他只會按照自己想的去做。

高圓寺留下這句話，然後就邁步而出，離開了教室。

「……他靠普通手段是行不通的呢。」

「那傢伙真的在瞧不起人耶……什麼叫不會輸給任何人的天才啊？如果對戰對手是我的話，我就會在籃球上把他撂倒了。」

我非常了解須藤想要罵人的心情。

就算才華多麼出眾，都不可能是全能的。

實際上，如果高圓寺在籃球上跟須藤比賽，我也會湧出高圓寺贏不贏得了的疑問。

「如果他當天願意做事，說不定還可以留下一定的結果。雖然不知道有帶給他多少影響，但現在好像也只能觀察情況了呢。對吧？」

「是沒錯啦……」

想像不到高圓寺輸掉的畫面確實也是事實。他說了那麼多大話以及展現自信，光是心裡會浮現「或許有可能」這般希望，坦白說就無法輕視他。這點須藤應該也心知肚明。

「可是啊，妳覺得那傢伙會認真比賽嗎？」

「難說。」

就算他認真比賽可以贏，但不認真比賽的話就是贏不了。

2

隔天，來上學的堀北這麼告知我：

「關於平田同學，我決定至少在這場考試中不要把他算成戰力。」

平田沉默地拒絕了昨天放學後高圓寺也有參加的集合。

既然他表現出那種樣子，堀北會做出這種決定也理所當然。

「這是很妥當的判斷呢。如果要指望他的話，不安要素太多。」

就算可以強行讓他參加，應該也只會有反效果。

「如果只有這場考試倒是還好，視情況而定，他今後也會一直持續下去呢。」

這份擔心絕對不是誇大。

期待他的狀態恢復應該是我們共同的認知，但現在還不清楚要用什麼方法。

「如果妳認為平田脫隊是無可奈何的，不是也有請他退學的這條路嗎？」

我這麼提出之後，她雖然有點驚訝，但還是冷靜地接受。

「這……是啊，或許也會變得必須考慮這種事。這次他沒有自暴自棄地說想要當指揮塔，就是最起碼的安慰了呢。」

平田在這次的特別考試上也是十分有可能當指揮塔的人選。

然後故意輸掉，並且退學。這是很簡單的。

可是，就算他本人對這間學校沒有留戀，他也不會想要因此給別人帶來困擾。

應該看成就是因為這樣，他才刻意沒有去當為了輸而參加的人選。

現在安分度日，也是因為班上會因為退學而受到負面審查的關係吧。這些動作代表他即使退學，也要不給別人添麻煩地退學。

然而，這件事情也僅限「目前」。

「不過——他也不一定會持續當個好人呢。不知何時會變得自暴自棄……」

「對啊。」

只要平田變成堀北說的那樣自暴自棄，不知道他會怎麼行動。

也無法斷言他絕對不可能在退學時順便把班上逼到半毀。

「就是因為這樣，現在我才不想讓抱著炸彈的他有機會出場。然後，為了不引起那種狀況，我想先把班級統籌起來。」

C班內部的衝突，就是最令平田生厭的事情。

為了避免這樣，這次堀北從一開始就積極地參與。

「真辛苦啊。」

「當上指揮塔的你，接下來也會變得很辛苦喔。」

「全都交給妳了。就算是指揮塔的干涉部分，如果是妳，應該能提出很恰當的點子吧？」

我被她半瞇著眼睛銳利地怒瞪。

「你這樣贏得了坂柳同學嗎？」

「不知道耶。」

「說不知道……我可是有打算要贏，可以請你更積極地參與嗎？」

這種事不用她說，我也知道。

「妳要由我積極地跟班級扯上關係，決定項目的成員要怎麼做、決定指揮塔干涉的規則嗎？試著想像那種模樣吧。」

我這麼說完，堀北的表情就僵硬了起來。

「……恐怖得無法想像。」

「對吧？」

我在班上只是陰影般的存在。即使當上指揮塔，這點也不會改變。

突然給出各種指示才不正常。

就讓我採取把堀北統籌的戰略當作基準，並且利用那點的形式吧。

說著說著，我就感受到教室的氛圍突然改變。

因為平田來上學了。儘管許多學生都避免直視他，但對他還是很放不下心。

「早、早安，平田同學！」

小美去跟早上快要遲到才到校的平田搭話。這行為不畏懼場面的糟糕氣氛，而且很有勇氣。

但她卻被無視，沒有受到理會。

平田就這樣沒有對任何人做出反應，靜靜地坐到位子上。

即使如此，小美還是沒有垮下笑容。

「誰想像得到呢？現在的這種情況。」

「真的。」

小美的奮鬥也是白費力氣，平田持續過著他的孤獨時光。

「不過，只有她不放棄跟平田同學搭話呢。雖然我不認為他們有那麼多的交集……」

堀北也注意到小美對平田特別放不下心。

然後，似乎開始感到疑問，覺得她為什麼可以一直做出這種事。

「難道不是因為她很溫柔嗎？」

「既然這樣，如果她對其他學生沒有表現得一樣，這就不合理了呢。」

「確實。」

山內快被退學時，小美更設身處地替他著想也不奇怪。

既然如此，不斷向平田搭話的理由，果然只有一個了吧。

「或許是因為戀愛吧。」

「剩下的可能性就是這個了吧……受不了，真是種無趣的情感。」

她傻眼地雙手抱胸，無法理解似的左右搖頭。

「把班上資源分給他的這件事，或許也該加以限制了呢……」

她抱著大家要在一定期間內先放著平田不管的想法。

「很困難吧？」

「沒那回事。畢竟除了她，也已經沒有人會積極地搭話了。」

面對持續奮不顧身的小美，平田依舊毅然決然地無視她。

確實也沒那麼多學生可以在這邊進一步插手了吧。

「不管她的動機是什麼，我都希望她設法忘記這件事呢。」

堀北在思考怎麼做她才會放棄。

「如果只有一定程度的話，我倒也不打算抱怨。可是，現在明顯地開始出現負面影響。」

「畢竟，大家都沒有專心投入考試也是事實呢。」

再說，每當扯上平田，班上的氣氛就會變得很險惡。

小美被平田狠狠地無視，卻不氣餒地再次靠近平田。

「那個啊，平田同學，今天中午——」

小美似乎打算邀請他吃午餐，而去這麼搭話……

「能不能不要再管我了？」

「唔。」

教室裡傳出平田這句有點嚴厲的話。

平田對來搭話小美明顯表示拒絕。

「很煩人。」

語氣本身很溫柔，但聲音裡只有冰冷的情感。

「那、那個，我……只是，想要……一起……吃午餐……」

小美拚命地想要維持笑臉，但還是被情感擊沉，漸漸地垮了下來。

「我不會吃的喔，絕對不會跟妳吃。」

平田扔出了最強烈的ＮＯ。

不願看見這種平田的女生們露骨地移開了視線。

「欸，等一下，洋介同學。這再怎麼樣都說得太過火了吧？」

惠在這裡有了動作。不對，可能是因為她身處這個狀況不得不行動。

我很輕易就想像到，惠被她的跟班拜託能不能做些什麼的情景。如果平田能在這裡罷手，惠既可以保全面子，班級也暫且可以恢復沉著。

然而——

「可以不要裝熟叫我的名字嗎？妳跟我已經毫無瓜葛了吧？」

「是、是沒錯。那麼，平田同學，你對小美說得太過火了。」

惠修正了名字，但還是果斷地面對平田。

身為統籌女生的領袖，她準確地履行了職責。

「比起妳平常的態度，我跟妳之間也只有些微的差別喔。」

平田沒停下反擊。

「什麼！……我、我是為了班上——！」

「可以請妳安靜嗎？否則……妳懂吧？」

平田強硬地堵住了惠打算繼續說下去的話。

如果繼續雞婆，我就抖出一切——是這種語帶威脅的發言。

至少從對平田出示弱點過的惠來看，她勢必會這麼理解。

「什麼嘛，啊——煩死了，我不管了。」

既然變成這樣，惠也無計可施。

她以不得已撤退的形式作罷。

「妳打算在我旁邊站到什麼時候？」

輕而易舉就把惠擊沉的平田追擊無法動彈、快哭出來的小美。小美被平田拒絕了一切，便微微低著頭坐到了自己的座位上。

平田應該也認為大概不會再被小美搭話了。

「班級整體的士氣低迷得真嚴重呢……」

「雖然高圓寺似乎毫不在意。」

教室裡很沉悶，但只有一個男人完全不放在心上。

即使處在平田、小美，還有惠之間的爭吵中，他也心無旁鶩地打理著自己的儀容。

「為什麼我們班會聚集這麼多問題兒童啊？」

我覺得妳也算是其中之一——最後我還是先把這句話給吞了下去。

3

不管氣氛再糟，時間都會平等地流逝。

只要課堂結束，當然就會迎接放學。

第二次的班級會議。正確來說，包含我沒參加的一次在內，這已經是第三次了嗎？

考試開始已經是第三天，差不多會想要有些進展了吧。

平田今天也立刻獨自離開了教室。

小美馬上表現得很不知所措。

接著振奮自己似的站了起來。

可是，卻沒有往前踏出一步。

她的腦中大概是掠過了早上遭到平田拒絕的事情吧。

她將起身到一半的腿彎起，然後坐回椅子上。

「這樣就好了——」

堀北這番殘酷卻溫柔的話，輕聲地傳來我的耳邊。現在最好不要跟平田牽扯上關係。堀北跟同學們都很清楚這樣才安全。

嫉妒平田的男生們偶爾會對平田表示不滿，但現在都沒聽見那些怨言了，是因為他們不是會鄙視墮落的男人的那種人嗎？或者正因為他是平田，所以他們才不予置評嗎？

「小美，今天討論結束之後呀，要不要一起回去呢？」

櫛田看來料到小美的這種精神狀態，於是這麼叫她。

「這種時候她就很可靠呢。」

「是啊。」

櫛田無法放著傷腦筋的朋友不管。

櫛田的方針是「既然救不了平田，至少也要救到小美」。

就算動機是在賺取觀感分數，只要可以成為救贖，就是一樁好事。

小美輕輕點頭，同意這件事。

「那麼我也在此失陪了。」

高圓寺不出所料地無意參加，他接在平田之後離開了教室。

彷彿是在說堀北已經做出了擔保，一副光明正大的樣子。

結果討論是以三十七人進行。

堀北目送高圓寺之後就離開座位，站到講桌前。

斜眼瞥見一連串發展的茶柱也離開了教室。

「那麼，大家都有思考自己擅長的事情了嗎？」

「等一下，在討論之前，我有事想要提醒。」

在討論之前最先舉起手的人是啟誠。

「什麼事呢，幸村同學？」

「我擔心我們C班的討論被偷聽。」

就算教室緊閉，只要待在旁邊的走廊上不走，就會聽見聲音。

「是啊，如果是這所學校，就連要正面做任何討論都不被允許呢。」

「我們應該要制定對策吧？例如說，像是讓幾個人看守。老實說，我認為什麼也不做就光明正大地討論是個問題。」

「嗯，你說得對。」

堀北點頭，表示已經了解。

「但我不覺得讓人看守會是個對策。」

「……為什麼？」

「你打算派人看守，警告別人不要靠近教室嗎？走廊是所有學生都可以平等使用的公共空間──不對，更嚴格來說，就算是這個C班也不例外。我們沒有權利拒絕別班學生。」

堀北說，假如妨礙他人通過，也有可能在這件事情上受到申訴。

「所以，光是看守都是在白費力氣。」

「既然這樣，妳打算把這裡討論的內容全部讓人聽得一清二楚嗎？誰擅長和不擅長什麼，這種資訊白白送人只有百害而無一利。」

「關於這點，利用這個就可以解決。」

堀北拿出的東西——就是手機。

「創一個全班的聊天群組，進行這場特別考試專用的討論。在口頭上交換意見，同時也在這邊討論重要的事情。這麼做的話，就算別班打算偷聽，也不會產生問題。」

啟誠聽見這個主意也點頭接受。

「原來如此……這樣好像就沒問題了呢。」

「那麼，可以讓我來聯絡所有人創群組嗎？」

堀北不反對這麼前來提議的櫛田。

因為就算說她是唯一知道全班聯絡方式的學生也不為過呢。

「那個——」

小美在堀北跟啟誠說話的途中站起。

「對不起，今天，我……那個，有點事情……」

「這是……因為要去追平田同學嗎？」

小美對櫛田的提問輕輕點頭。

她移動本來應該很沉重的雙腿，然後邁步而出，打算去追平田。

「等一下，現在做那種事也沒意義。」

「這……是什麼意思呢？」

小美以意想不到的強硬口吻反問堀北。

「他現在派不上用場，連妳都會受影響的。」

「因為我、我不想丟下平田同學不管。」

「我不是在談有沒有丟下他不管，我只是在說現在要先讓他靜一靜。」

「既然這樣，你們什麼時候才要幫助平田同學呢？」

「……這就要看他了。」

「不對。這種事情，不對，我覺得不對！」

小美說完就邁步而出，不聽阻止地離開教室。

「真是的——現在就是必須放著他不管啊。」

當然沒有任何人做出過去追小美的舉止。

「我也要稍微離席了呢。各位別回去，在這裡等著。」

堀北表示了要去追小美、把她帶回來的意思，接著連她都離開了教室。

她應該是認為就算交給別人也不行。

「真是亂七八糟……都怪平田，害得我們連認真討論都沒辦法。」

啟誠會想這麼罵人也是理所當然。

結果，我們到了第三天什麼進展也沒有。我離開了座位。

「喂，綾小路，連你也打算追人啊？鈴音說過要我們等她吧？」

我被須藤這麼勸誡。像這樣一個一個離開，情況確實只會惡化。

「我知道。」

「你說你知道？喂！」

我出聲叫住在走廊上剛起步的堀北。

「堀北。」

「……我應該指示過不要動才對。」

「妳打算強行帶回小美吧？妳沒必要行動，我去去就回。妳的職責是統籌班級吧？」

「你也是指揮塔，這絕非與你無關。如果不分析班上的戰力，就無法發揮指揮塔的力量。」

「這部分只要之後妳幫我想就可以了吧？反正我什麼也辦不到。」

「不是這種問題……」

「那妳可以解決平田的問題嗎？」

「這……」

「不應該由認為放著他不管才是上策的人去追。」

平田崩壞要因之一是堀北，她不應該去接近他。

「既然這樣……你覺得你可以解決嗎？」

「這要取決於周遭的努力。」

「如果這樣就會解決，那早該解決了，不然就奇怪了。」

不只是小美，許多學生都擔心平田，找他說話。

然後因為堀北確定完全沒有顯現效果，才會開始懷疑小美的行動。

「總之，待會兒再說。我會跟丟小美和平田的。」

「要早點回來啊。」

她像個母親一樣送我離開。我邁步走出，就突然遇見了橋本。

這應該……不是單純的偶然。他是抱著監視C班的目的才靠過來的嗎？

剛才我跟堀北的對話也有被聽見的可能性。

橋本的樣子沒有很驚訝，一副覺得很有意思地笑著，並且過來找我搭話。

「嗨，綾小路。」

話雖如此，我也沒閒功夫慢慢聊天。

「抱歉啊，我現在有點趕。」

「如果你是在追同學，他們跑去那個方向嘍。」

我輕輕點頭答覆，就去追了小美。

平田這兩天的行動全都一樣。

為了放學後不見到任何人，他毫無疑問是一溜煙地就回自己宿舍房間了吧。

4

離開學校不久，我先發現了小美的身影。

也在她的前方看見要回宿舍的平田。

她在那個狀況下鼓起勇氣跑出去，卻沒辦法叫住平田。

今天早上被拒絕的事，應該烙印在她的腦中揮之不去吧。

「妳不去叫他嗎？」

「……綾小路同學。」

小美發現了我。

我與小美並肩走路，凝視平田的背影。

「不由得有點卻步……」

畢竟她早上搭話，才剛被拒絕呢。

「不然妳為什麼要追過來？其他傢伙差不多都放棄了。」

「這……為什麼呢？」

看來她並沒有想得太深入。

小美思考自己不斷追著平田的理由。

應該不單是因為喜歡平田這種理由吧。

小美煩惱了一會兒，好像稍微找到了答案，於是就說了出來：

「大家都說應該別去打擾現在的平田同學，可是……我認為這是錯的。我覺得或許就是因為現在是他痛苦的時候、難受的時候，才必須幫助他……」

「所以我才會追過來。」她說。

「就算妳會因此被討厭，也沒關係嗎？」

只有一次倒還好，但要是重複不斷的話，平田的對應也會漸漸變得嚴厲。

也不能斷言不會變成被平田怒吼的那種情況。

「……不要。」

小美回想起平田的拒絕，便左右搖頭。

「雖然不想要……可是，如果藉由我被討厭，平田可以多少感受到自己不是獨自一人的話，就算不是現在也沒關係，他能覺得得到拯救的話……我就算被討厭也沒關係！」

逞強——這是為了心靈不受挫的逞強。

可是，她眼神中的堅強，唯有這點無疑是貨真價實的。

「我錯了嗎，綾小路同學？」

「沒有，妳是對的。」

現在放著平田不管，絕對不會讓情勢好轉。

假如做出這種事，那傢伙就會被困在深沉的黑暗裡無法自拔。

「既然這樣，妳要去跟他搭話嗎？」

「好！」

小美再度跨出原本變得很沉重的腳步。

接著快步縮短與平田的距離。

我之後應該會惹堀北生氣吧，但現在先這麼做才是最好的。

要徹底「把平田逼到絕境」的話，那種溫柔對他造成的打擊最大。

然後，那傢伙的心靈就會在近期崩壞，並且強行選擇退學的路吧。

我回到教室附近後，橋本就邊滑手機，邊看著我。

「嗨。」

「有辦法偷聽到C班的情報嗎？」

「不，很遺憾。如果關鍵部分在手機上談的話，那我也束手無策。」

橋本聳聳肩，收起手機。

他似乎仔細聆聽並且知道了我們要利用手機的戰略。

「我是在等你回來。怎麼樣？追人的成果。」

「如你所見，我空手而回。」

我彰顯了自己無法帶回小美一事。

「班上不太能團結一致，你好像很辛苦呢。」

「辛苦的是要統籌這種班級的堀北。」

「就算這是因為你擁有保護點數，但你真的有必要當上指揮塔嗎？」

橋本多話地來纏著我，目的是要盡量從我這裡引出情報嗎？

「對手是A班，我們班大概沒有勝算。如果退學是必然，我認為除了給有餘力的我來當，就別無選擇了。」

「原來如此，的確是呢。」

橋本看來有點無法接受，但還是放棄地邁步而出。

「雖然我是來簡單地偵查，但其實我們家的公主殿下原本就告訴我這樣是白費力氣，叫我別這麼做。但我還是打算去弄一些可以弄到的資訊。不過，再怎麼說你們好像也沒那麼笨。」

橋本輕拍我的肩膀就不知走去哪裡。目送他的背影之後，我就回到已開始討論項目決定的教室。我用眼神示意堀北無法帶回小美一事，同時就坐。關於這點，我沒有遭到堀北吐嘈。

手機上似乎大致討論了擅長與不擅長的事情，目前的狀態是半數以上的學生都已回答。

過程就如我所知的知識，以及在惠的補充下才得以理解的印象相同。須藤是籃球、小野寺是游泳、明人是弓道——首先是列出了這種各自擅長的運動，接著就是堀北跟啟誠這種對學力有自信的學生，舉出可以特別拿下高分的科目這種形式。不過，比較學力跟只著重在運動上是不一樣的，如果沒有相當的實力，要決定成項目的話，門檻就會很高。

「綾小路同學，走廊上有別班的學生嗎？」

「剛才為止都有人在，發現我們使用手機開會，就回去了。」

「是嗎？要說當然，這也是當然呢。」

從對話過程理解現在沒有人偵查的須藤採取了動作。

「籃球，一定要加入籃球！」

須藤直接跟堀北談判。

「我不懷疑你的實力。不管是以哪個班級為對手，你都不會輸。對吧？」

「籃球有各種比賽方式。如果能選擇一對一，那我一定會拿下一勝。」

籃球原本的規則是在球場上舉行五比五。

不過，也存在著幾個衍生的規則。須藤提議的一對一也是其中之一。只要規則訂得確實，應該也可以被認可為項目吧。

「是啊，你身為籃球選手的實力無庸置疑。如果是一對一，我認為你應該毫無疑問可以帶來一勝。」

「絕對會。」

「可是，這次的特別考試不會進行得這麼簡單。」

「為、為什麼啊？」

「因為特別設訂成一對一的項目只能選一個。」

決定項目的規則上有說「無法選擇參加人數相同的項目」。

「假如一對一的項目不管有幾項都會被准許，那就只要挑選有專長的學生就好了呢。我們班有擅長游泳的小野寺。如果是為了取勝的話，讓她以一對一比賽游泳的形式也可以解決。」

這樣就可以穩穩地拿下一勝。

當然也會有對手派出男生的風險，不過如果是小野寺的秒數，她也是很有得比的。

「如果要較量英文，平時王同學就常常拿下接近滿分的成績。就像這樣，這個班上有不少學生都很有可能在一對一的專精比賽方式上奪勝。」

自認可以帶來勝利的須藤，表情變得有點陰鬱。

「我是籃球的新手，純粹是出於興趣才這麼問——假如是正規籃球，也就是五對五比賽，你以外的四個人都是不擅長運動的女生。以那種隊伍，不管怎樣的對手你都可以贏嗎？」

「老實說，如果對方是弱隊，我有自信可以靠我一個人獲勝……可是，假如混入打過籃球的對手……我就無法斷言絕對可以贏。」

「真是個老實人呢。你沒有在這裡無謂地誇下海口說可以贏，坦白說我很尊敬你。」

「就是因為這樣──」堀北做了開場。

「你也要好好思考。捨棄籃球項目的確很可惜，既然這樣，你就挑出你認為以最小限度的戰力就絕對可以獲勝的五對五隊員。以這件事為前提，如果我可以接受的話，我保證會把籃球作為一個項目提交給校方。」

「……我知道了。」

正面接受堀北發言的須藤點頭同意。

接著他為了自己做情況模擬，而回到了座位上。

這就是難處。須藤運動神經很好。在籃球上利用他，無疑可以發揮最大限度的能力，但他也是個能以其他方式運用的學生。

他在這次的這種考試可以在許多場面上履行強力手牌的職責。

輕易地在一對一中用掉須藤會很可惜──事先有這種想法也很重要。

再說，我們應該直到最後都會想要冷靜地弄清楚要不要把籃球納入項目。就算看得見五對五獲勝的可能性，可是對手也不笨。如果十個項目之中有籃球，就會推測出須藤將會出場。
他們應該也有可能集中五個可靠的人應對須藤，並且意外地獲得勝利。相反的，他們也可能會唯獨完全放棄這一戰，去撿剩下的項目。
堀北他們接下來也沒完沒了地重複著這般話題。
我假裝在手機上看聊天室，同時關閉了群組。
反正我是指揮塔，不會被問到擅長與不擅長的事情。
我只有形式上參與這場討論，方針一樣會是細節全部交給堀北。
堀北談了大約一小時，從所有人那裡蒐集完了意見。接下來比起全體集合，堀北應該會切換成個別深入討論的形式。

5

星期四，平日上學路上的早晨。
雖然說春天近了，但因為氣溫比往年低，今天似乎會是很冷的一天。
「早安——早安——真冷耶——」

身後傳來了充滿朝氣的聲音。

我不覺得是自己被搭話，所以無視了聲音走著路。對方的聲音變得很著急。

「等、等一下等一下～綾小路同學？」

看來被道早安的人就是我。

我回過頭，在那裡的是B班的班導——星之宮老師。

「等一下啦～」

她冰冷的手抓住了我的手。

女老師自然地抓住男學生的手，感覺這樣不是很好。

「不好意思，因為我不覺得是自己被搭話。請問有什麼事嗎？」

「沒事就不能找你說話嗎？」

她就這樣抓著我的手，裝可愛地往上看我。

這很明顯是那種知道自己可愛的人才會做出的舉動。

可能是平常有在觀察櫛田的舉手投足的關係，所以我才會開始了解那種事。

「雖然也不是這樣……」

我有點強硬地抽回手臂，甩開了星之宮老師的手。

「啊哈——」她看見我的舉動，不知為何浮現了不懷好意的笑容。

「欸欸，再怎麼說，你都交到女朋友了吧？」

「不，完全沒有。我也沒有交得到的跡象。」

「咦——是嗎？環境明明這麼好，真浪費耶——」

「這麼好」是指哪個部分呢？

「啊——你不懂呢——」

「這樣不行喔。」星之宮老師在我耳邊呢喃。

「我指的是這間學校的學生們處在非～常容易談戀愛的環境。」

「為什麼？」

我反問之後，星之宮老師就有點傻眼。

「你真的不知道？」

「是的，完全不知道。」

我表示肯定，星之宮老師就對著我的肩膀拍了兩三下。

「總覺得兜了一圈，你可能開始在不同的路線上看起來很可愛呢！」

不，我完全一頭霧水，不知道這個人想說什麼。

「我要事先聲明……我是在感嘆現在的狀況喲。我之前就在想呢，我認為男女生活在同一間宿舍是個問題——」

「是嗎？」

房間都是各自分開，所以讓人感覺完全沒問題。為了從可能會感覺到她的呼吸的距離逃開，我遠離了她。於是，星之宮老師又往前縮短距離。

「這件事是從我朋友那裡聽來的。在某間企業就職的人們，傳統上要在公司接受兩個月的研修。房間是兩人一組，然後當然是男女分開。」

「喔……」

每當我打算遠離她，她下一次就會靠得更近，因此我決定放棄，並且聽她說話。

「可是，如果兩個人要使用同一個房間，很容易就會起糾紛。某個男孩子很討厭納豆，不用說聞到臭味，就連看見都不喜歡，所以他在一開始就告訴了合住的人，說『絕對不要在我面前吃納豆』。不過，被這麼說的男孩子最喜歡納豆，他認為就算對方說討厭納豆，只要不強行餵他吃應該就沒有問題，於是合住的第一天，他就在討厭納豆的男生面前吃了納豆。結果討厭納豆的人氣得衝出了宿舍。」

這個人到底想說什麼？感覺這跟男女生活在同一棟宿舍的關係很微弱。

「你大概會覺得我是在說毫無關聯的事情，但就是這點很重要。」

星之宮老師說完，就繼續說下去：

「這件事被企業知道後呢，那一年合住制度就取消了，所以隔年開始都是給社會新鮮人單人房。好像正好是這間學校的宿舍呢。結果前年跟那年產生了巨大的變化，你覺得是什麼？」

「男女問題就是在那時出現的嗎？」

「沒錯。合住的時候，就算出現情侶也頂多是一對或兩對。不過一變成單人房，就出現了多達七八對情侶喲。假如跟人合住的話呀，就算有了心上人並且去房間玩，也會有另一個電燈泡在場吧？因為也容易莫名其妙地傳出謠言，大家都會互相提防，不會發展成戀情。可是──」

如果是單人房，男女就可以毫無顧忌，而且還可以私下密會。

「發展成戀愛的機率也會一口氣上升。」

所以，她才會很驚訝我還沒有女朋友嗎？

「那麼請教一下，實際上有很多學生交到男女朋友嗎？」

「今年尤其不是這樣呢──」

喂。既然這樣，對我說三道四就不對了吧？

跟星之宮老師說這些好像也沒用，所以我就先把話收到心裡。

「難道是老師的理論有誤？」

「這不可能！」

她很有把握，並予以否定。

「你不懂對學生來說，現在是多麼好的環境。」

不知這個人是很積極進取還是怎麼樣。

「你有一天會後悔的，趁現在先好好談場戀愛，應該會比較好吧？」

這個人是在對本應在課業上盡力的學生灌輸些什麼啊？

我很清楚有形形色色的老師，但她在某種意義上或許是最讓人看不透的。

「那個，我可以提問嗎？」

「咦？你是問我容許範圍到年紀小幾歲嗎？抱歉，再怎麼說高一生都有點……」

「那種話我根本就沒說過。」

「我知道啦，剛才那可是笑點喲。」

那是笑點嗎？我被她這股謎樣的氣勢牽著鼻子走。

「什麼什麼？你問吧。」

她自己打斷別人的話，結果又強行重回話題。

「雖然妳推薦談戀愛，可是如果是跟別班學生間的戀情，應該就會很辛苦吧。」

「為什麼？」

「班級之間要互相競爭，所以這也會變成糾紛的根源。」

我說出當然可能會抵達的想法後，就看見了她雙眼發亮。

「這不是也很好嗎～！」

「……什麼？」

「原本的話，我們都會為了自己的班級竭盡全力，對吧？不過，自己的男女朋友卻在其他的競爭班級。就是因為這樣，那裡才會產生苦惱和糾結——就會產生戲劇性的事件。」

她對自己說出的話很感動，反覆點頭同意。

「如果那種理所當然的關係複雜地互相牽扯，競爭就會加劇了吧？」

「這……唉，可能吧。」

實際上就是會變成那樣吧。就算出現為了戀人而背叛的人也不足為奇。掌握並管理一切，事實上是不可能的。

「你們在聊什麼？」

「說曹操，曹操就……」

曹操？星之宮老師說出奇妙的發言。雖然她本人好像毫無自覺。

星之宮老師停止話題，並與我保持一段距離。

「我們只是在閒聊啦，小佐枝。妳不用露出那麼可怕的表情吧？」

「他是我們班的學生。」

「妳好像很在意綾小路同學呢。哎呀，雖然我很快就會在特別考試上知道他到底有沒有能力呢，畢竟他要跟傳聞是年級裡最優秀的坂柳對決。」

「既然這樣，妳也沒必要在這邊硬是前來糾纏吧？」

「啊，確實呢。真不愧是小佐枝。」

星之宮老師捉弄茶柱，然後笑了出來。她好像不是毫無意義地在糾纏我。星之宮老師離開後，茶柱不知為何斜眼看著我。

一副很在意我們聊了什麼。

「您想知道我們聊了些什麼嗎？」

因為這裡是上學路上，於是我注意自己的語氣向她搭話。

茶柱什麼也沒說，似乎在等我繼續說下去。

「我們聊的是合住的話題。」

「合住？……又在講無聊的事情了。」

看來茶柱也知道跟合住有關的話題。

總之，剛才話題裡的某企業可以想像指的就是這間學校。

然後，這裡原本不是單人房，而是採取合住的形式。

如果我想取證的話，馬上就能辦到，但這件事對我來說無所謂。

陷阱、親手做料理、請求

這天，發生了一點罕見的事件。

那是在進入午休，綾小路組為了吃午餐而開始移動時發生的事。

「欸，一之瀨，去抗議一定比較好啦！」

我跟明人他們走著走著，就聽見這種有點粗魯的聲音。聲音的主人是一年B班的柴田。除此之外，B班的一之瀨和神崎也與他同行。

「真難得耶，原來柴田同學也會像那樣發火。」

「確實很教人意外耶。」

波瑠加跟明人會驚訝也是當然。

「是喔。」

跟別班沒有交流的愛里好像不太理解。

隸屬足球社的柴田，雖然跟平田的類型有點不一樣，但他是個開朗、充滿朝氣的人氣王。

就我所知，他不是會那樣粗暴說話的人。

「但那難道不會只是偶然嗎？」

一之瀨講道理似的對生氣的柴田說。

可是柴田似乎也有想法，他馬上就否定了。

「那是不可能的，今天就三次了耶，他們絕對是來找碴的！」

神崎發現移動中的我們，就輕輕地催促了他。他露出尷尬的表情看著我們，並且故作平靜，但已經太遲了。現場籠罩著有點尷尬的氛圍與沉默。

「欸，你們接下來正要去吃午餐嗎？」

一之瀨像這樣對我們搭話。

與其說是對特定的某人，倒不如說是對小組全體說。

跟B班領袖交集很少的夥伴不知如何回答，而不知所措。

我被站在隔壁的波瑠加用手肘戳了肚子，所以就勉為其難地代表回答：

「……對。我們要去咖啡廳那邊。跟這有什麼關聯嗎？」

「是喔，真巧，我們也是喲。」

一之瀨聽見這些話，就開心地拍手。不過，我在這裡察覺到一股奇妙的感覺。平常一之瀨都會跟我對上眼神說話，可是她現在卻沒有看過來。

「可以的話啊，接下來要不要跟我們一起吃午餐？」

面對這種預料之外的邀約，大家都不知所措地面面相覷。

「一之瀨，妳打算做什麼？」

神崎似乎沒料到她會說出這種話，連忙詢問。

「問我打算做什麼……我們又不是要跟C班戰鬥，應該沒問題吧？」

「是沒錯。」

神崎好像不太樂見邀約我們。

但如果是一之瀨的決定，他也不可能拒絕。

另一方面，在我們也不知該怎麼辦、無法回答的時候……

「這樣也很浪費時間，走嘛。」

被她以笑容這樣說，當然任何人都無法拒絕。

1

我們在咖啡廳一隅借了兩張桌子用餐。

被安排在這種場面——B班與C班而且類型迥異的組合。

「抱歉啊，突然邀你們。今天我請客，請別客氣。」

一之瀨像這樣道歉，同時這麼說。

「這樣好嗎，一之瀨？」

對於她說要請客，神崎表現得有點過度反應。

一之瀨在前一場特別考試為了班級投票上不出現退學者，於是和D班做了交易。

那時，她應該是吐出了班上擁有的一切班級點數。

她應該是用某些辦法籌出來的吧，但她的生活大概也沒有餘力了。

「反正我們原本也是很一般地打算吃飯，我們自己的份就自己出吧。」

我這麼說完，我們這群人都同意般地點了頭。

「畢竟是我強行邀約，你們可以不用在意……」

「沒關係，那樣我們才能吃得心安理得呢。」

為了能以對等關係吃飯——我提出這樣的場面話，迴避一之瀨請客。

「所以……妳為什麼要邀我們呢？」

啟誠很想問這件事，於是詢問一之瀨。

「因為各位似乎對剛才的柴田同學感到很驚訝呢。我覺得比起被貿然猜測傳出風聲，老實說出來應該也比較不會造成混亂。」

一之瀨的這個判斷，在某種意義上或許是個正確答案。假如她沒有來找我們說話，我們大概就會暫時討論起柴田的事情，心想為什麼要那麼生氣。視情況而定，也會有告訴第三者、無意間傳出去的可能性。

「這樣好嗎？告訴他們。」

「你認為有必要嚴加提防嗎？」

「我們無法徹底否定C班之中有相關人士的可能性。」

「即使如此也沒有影響吧？」

「而且我的確也只是在發牢騷呢。」

柴田這麼說完，神崎就眼神銳利地看著他。

「幹、幹嘛啊，神崎。」

「沒有……」

神崎真正的意思好像沒有傳達到柴田那邊。

這應該是在吐嘈柴田輕易地說出「發牢騷」這個字眼吧，但因為其他學生都沒有察覺到這點，所以不成問題。

「反正都被聽到這種地步了，告訴他們會是最好的吧？」

「……是啊。」

柴田一句粗心的話變成了關鍵性發言，神崎也屈服了。

「簡單來說，我們似乎受到了D班的一些嚴重騷擾呢。」

「騷擾？」

柴田深入說明：

「總覺得我跟中西還有別府都有類似的受害喔。該怎麼說呢？不知該說是無謂地前來糾纏，還是被跟蹤。別府被阿爾伯特不發一語地逼到牆邊，他好像相當害怕呢。」

神崎似乎判斷都說到這個份上，繼續說大概也一樣，於是也參加了話題。

「兩個人我都姑且問過話了，大概不會有錯。」

總之，就是特別考試開始後，有一部分學生被D班盯上。

「沒有發展成打架吧？」

「目前是沒有。」

他們只有到處纏著人，或把人逼得走投無路，現階段好像沒有實際上的損傷。

如果對方出手的話，當然也會演變成大問題。

「D班打算用他們的方式施壓吧？感覺目的是到考試當天之前重複好幾次這種騷擾，來讓你們的行動和判斷變得遲鈍。」

「真希望他們饒了我們耶，因為光是D班就給人一種很可怕的印象。C班也曾經被捲進麻煩事，所以應該知道吧？」

柴田說的恐怕是須藤跟石崎還有小宮他們起糾紛時的事吧。

看著這番互動，靜靜聽著內容的啟誠插嘴說：

「雖然給別班建議也很奇怪，但那也沒有那麼不正常吧？D班的確有性格很差的形象，但就算有一定的強硬壓力也不足為奇。實際上，我們也受到了A班近乎偵查的行動。」

「這樣啊。」

啟誠點頭，說出A班學生來到教室附近偷聽的事情。

「意思就是D班也很拚命，所以才會打算來撿可以撿到的情報嗎——」

聽完C班的話，柴田稍微表現出接受的態度。

話雖如此，受到的損害確實是B班比較嚴重。

「假如以正面進攻法戰鬥，這場考試無疑是我們班比較有利，那也理所當然吧。最好還是當作他們今後也可能會在不觸犯校規的極限範圍內前來動手。」

神崎這麼分析。不過，我有點在意的是他們只接近一部分的學生。

是因為判斷挑釁一之瀨和神崎的風險很高嗎……？

或是有某些其他目的呢？

「我無法想像這是金田同學的指示。會是石崎同學嗎？」

「應該就是這樣了吧。」

「我也知道你們很在意，但我們只要盡己所能就好了喔。只要團結度不被打亂地步調一致挑選項目，接著在正式考試上盡力戰鬥而已，不是嗎？」

面對這麼詢問的一之瀨，B班的男生們都表示同意。

「總之，一之瀨同學你們不會對D班做些什麼嗎？就連偵察也是？」

「嗯，應該不會做吧。下星期他們提出的十個項目，我們打算因應所有的內容。」

意思就是說，他們只會靠自己班上的力量戰鬥。

他們應該不會被資訊迷惑，只會面對真相。這是個確實且可靠的手段。

「該怎麼說呢？B班真的是個很純潔的班級呢。」

啟誠傻眼地說完，就進一步說下去：

「為了贏過上面的班級，通常都會無所不用其極吧？偵查或無言的威脅都有效果的話，那麼做也是理所當然。不向對手做任何事，只徹底相信自己的力量，老實說我們學不來呢。」

C班表面上也沒對A班做任何事，但在不少地方費了心思，以各種手段想著能否蒐集情報。

「不知道耶——說不定只是我們沒那麼精明喲。」

一之瀨這麼說完，就稍微露出了笑容。

「不管怎樣，我知道妳想說什麼了。如果我們隨便到處散布柴田的事情，光是這樣就會彰顯你們輸給D班的作戰。」

啟誠弄清楚一之瀨為什麼邀請我們吃午餐。

要是被D班知道B班在近似於騷擾的招數上受損，就會助長情勢吧。

那樣的話，B班就會比起現在被迫做更多對應。既然這樣，他們希望一直採取堅決的態度，訴說D班的作戰有多麼無意義。

「所以，我才希望你們盡量不要張揚。」

「到處說也沒有好處。我們也不想與B班為敵呢。」

啟誠同意後，波瑠加跟明人、愛里也跟著毫不遲疑地點了頭。

「各位，真的很謝謝你們。」

一之瀨向C班的學生道謝。她在這情況中一度跟我對上眼神。

她在那時突然摸了一下頭髮。

淡淡的柑橘香味撲鼻而來，好像是順著風飄過來的。

一之瀨立刻移開視線，再度看向所有人。今天的一之瀨果然有點奇怪。

不論如何，那也不是現在我該指出的事情。

2

吃完午餐，與一之瀨一行人道別後，波瑠加這麼說：

「一之瀨同學果然很可愛呢，最後的那張笑容簡直就是犯規。你們不這麼覺得嗎？」

「我……並不會……」

「啊，小幸回想起來臉就紅了。」

「我沒有臉紅。」

「不用勉強否認也沒關係啦，連女生都覺得一之瀨同學可愛，男生一定馬上就會被攻陷呢。」

愛里好像也很同意，猛烈地點頭。

「反正小三跟綾小路同學的看法也一樣吧？」

我跟明人不想像啟誠那樣被當作目標，便露出苦笑敷衍過去。

「希望這不是我的錯覺……但一之瀨同學之前就有在擦香水嗎？」

「啊，我也很在意這點。她有擦柑橘類的香水，對吧？」

「嗯，我或許對這件事情最感到驚訝。我在想，她是不是有某些心境上的變化呢。」

「欸，剛才這件事，你們三位怎麼想？」

就算問男生這種事，我們也不可能會知道吧。

「她有擦什麼香水嗎？就算擦了，也只是今天有那種興致吧？」

啟誠隨意回答，波瑠加就既露骨又不愉快地嘆息。

「男生還真是……都不會察覺些微的變化耶。對吧？」

「……比起那種事，不只是我們，他們的對決好像也很辛苦呢。」

明人不想被繼續擺弄，於是轉移了話題。

「D班也是，為了贏過上面的班級，應該也無法顧慮形象了吧。說不定，今後D班的騷擾會變得更嚴重。」

啟誠也逃避話題似的參與明人的話題。他的料想大概是對的。

雖然現在是只有三人的程度，但受害者再多一點也不奇怪。

「因為龍園也不在，他們要是不做這點事，就不會有勝算了吧？」

「就算這樣，就連做法都模仿龍園同學是想怎樣啊。」

施壓的做法確實是龍園可能執行的戰略。

「但這沒有意義吧？不至於摧毀得了B班的中心。今天聊完，我就這麼想了——或許幸好我們的對戰對手是A班，只有跟B班戰鬥這點，我看還是免了吧。」

「咦，小幸你怎麼會這樣想呢？」

「例如像是那些人的團結程度，還有不過度自信、認真應考的態度——這些大概是任何班級都贏不了的部分。他們無論是什麼項目都會穩定地留下結果。我不覺得我們贏得了他們呢。」

B班會把一切都達成在基準之上。啟誠好像是在害怕這點。

「可是啊——就算全都在基準之上，萬一輸掉就沒意義了吧？」

就算打了七個項目全是八十分或九十分的一場仗，對手要是打出一百分的成果就會輸掉。

「當天的七個項目，就連會被選到什麼項目都不知道，他們還有辦法一直贏下去嗎？我們C班跟D班，說不定也有可以取勝的專精項目，但反過來也可能會慘敗，落得淒慘的下場。」

「這樣啊……說不定呢。」

愛里聽了啟誠的說明，便點了兩三下頭。

「欸欸，等一下。」

在剛走過走廊的轉角時，波瑠加抓住啟誠的手臂，叫住了他。

「幹嘛——」

她摀住他打算反問的那張嘴，並指著正面。

在前方的人是池跟篠原。他們正好走在我們的稍前方。

「欸、欸，篠原。」

「什麼事？」

「那個……呃——」

「你說話很吞吞吐吐耶。有什麼事？」

我們安靜了下來。雖然前面的對話很小聲，但還是傳得過來。

「……星期日之類的……妳、妳有空嗎？」

「星期日？目前是沒什麼安排啦……咦，有什麼事嗎？」

「該說是有什麼事嗎，那個，就是出去玩一下……之類的啦。我在想妳願不願意去。」

雖然音量很小，但還是聽見了兩人的這番對話。波瑠加跟愛里何止是互看對方，好像還很開心，啟誠跟明人則都很傻眼——他們表現出了兩極化的反應。

「星期天是白色情人節吧？難不成，篠原同學有送池同學巧克力？」

「可能是這樣喔！」

篠原一開始對池的邀約一副無法理解的樣子，但她好像開始一點一點地掌握了狀況。

「沒有啦，妳看，我也算是收到了巧克力……想說是不是該回個禮。」

「那明明就是人情巧克力，你還真是中規中矩——是說，你啊，有錢嗎？」

「我是有存一些啦……不、不願意的話也沒什麼關係啦。」

「……我又沒說我不願意。」

「那、那麼……」

「別、別誤會喔，特別考試就快開始了，這也是最後可以喘口氣的機會呢。你願意請客的話，倒也不是件壞事。」

總覺得這讓人想起今天早上共住的話題。

說不定在我不知道的地方有各種小小種子開始發芽。

「要走了喔。」

「咦，等一下啦，現在正是精彩的地方。」

「不要介入別人的戀情啦。」

明人捉住波瑠加的頸部，往反方向邁步而出。

「再聽一下也沒關係吧？總覺得很令人興奮呢。」

「我不覺得。」

「你們這些漠不關心的男生就是這樣……對吧，愛里？」

「嗯、嗯，我也有點興奮……可是，他們被人看見應該會很難為情吧？」

「是沒錯啦，但這是錯在被人撞見的那方啦。」

如果在這邊遇上我們，我們也可能會阻礙到難得發芽的戀情呢。

3

目前仍持續著各自前來提出擅長的項目，並蒐集那些內容當作情報的階段。

放學後的集合日漸減少，但相對的C班專用的大規模群組則逐漸活躍了起來。儘管高圓寺和平田都還沒有參加，但現在還是轉移到了不分時段都能討論的形式。

結果上來說，這種不求發言勇氣的方式好像還比較適合C班，意見的交換也變得很熱絡——這只是從外界旁觀得來的情報。

我把一切都交給堀北，目前是只要等待完成的狀態。

戰略、身為指揮塔的職責，之後再思考就可以。

但還是有留著幾個不安因子。那就是高圓寺跟平田的存在。

尤其是現在的平田，這個部分大概無法靠堀北解決任何問題。

沒參加群組的兩個人，都沒有對特別考試積極地採取行動。

就算前者的高圓寺一如往常，但沒有平田在，還是很吃不消。

那個平田的生活就這樣一夕之間改變，一直處在簡直判若兩人的狀態。

雖然這種表達方式不太好，但他的狀態就像是個膿包。即使是個重要人物，卻任何人都無法碰觸，我們處在只能祈禱那個膿包消退的情況。就是因為他原本是個可以當作王牌般的存在、當作任何項目都能參加的手牌使用，這才非常可惜。

然後，現在還有其他的不安因子。

「……平田同學！」

小美追上打算踏上歸途的平田，向他搭話。

這片光景已經是第幾次了呢？

小美在大家一個又一個放棄的情況下不氣餒地找平田說話。

這是戀愛搞的鬼嗎？不對……就算是戀愛，也留有疑問。

糾纏不休可能會遭到討厭，她一定有這種擔憂才對。

即使如此還是反覆找平田說話，是為什麼呢？

「總覺得平田同學真的讓人看不下去呢……」

女生們留在教室裡，惠在那群人之中說出這種話。

「嗯。輕井澤同學，妳放著他不管好嗎？」

「我覺得就算我說也沒用了，說不定他正在恨我。」

上次惠去搭話時，平田表現出的強烈拒絕仍記憶猶新。

「也是呢。平田同學被輕井澤同學甩掉，而且連山內同學也消失了……」

我斜眼旁觀女生們的對話，接著離開了教室。

話雖如此，我今天的目的不是平田，而是為了解決另一個不安因子而進行調查。

小美離開教室後接著出去的另一名學生——我有事找她。

「欸，可以打擾一下嗎？」

我呼喚那名少女後，她隔了一會兒就回過頭來。

「怎麼啦，綾小路同學？」

我跟在這場特別考試的期間沒有特別發言的櫛田搭話。

她沒有幫助同學，也沒有妨礙同學。

而是靜靜地作為班上的零件之一過日子。

如果是平常的櫛田，就會站在副領袖般的位子支持班級。

然而，這次卻完全看不見這些行為。理由恐怕有兩個。

一個是自己的立場在上次的班級投票上有了動搖。

雖然說是遭到山內利用，但支持我退學的事實也公諸於世了。

多數學生都判斷她有同情的餘地，可是這對櫛田來說都是細枝末節的問題。

這是個她裝好人的自尊心沾上汙點的事件。

另一個就是堀北正在負責領袖的職責。

對櫛田來說，可以當作這邊才是真正的理由吧。

櫛田打從一開始就很討厭知道她過去的事件的堀北。

再加上，她在班級投票上受到堀北的強烈斥責。

不論有什麼理由，她打算弄出不當退學者的行為都受到了譴責。

她的自尊應該受到了致命性的傷害。

「這次妳不會去輔助堀北呢。」

我明知這點，卻還是故意扔出這些話。

因為我想先掌握櫛田在這場特別考試上打算怎麼行動。

她平常的那張笑咪咪的假面具，我就算是從遠處看，也看不出她的真心。

沒看見沉睡在面具之下的真正面貌就不會知道。

「邊走邊說吧？」

「好啊。」

不想貿然被聽見對話內容的櫛田這麼催促我，便邁步而出。

「妳今天接下來有安排嗎？」

「嗯，我安排要跟B班的女生們一起玩。在這種辛苦的時期出遊，你覺得會是件壞事嗎？」

「不會，喘口氣是必要的。我想這點整個年級都了解。」

二十四小時都只想著考試是件很蠢的事情。

該繃緊時繃緊，該放鬆時放鬆。

「你不是知道嗎？——我什麼都不做的理由。我認為你退學也沒關係，於是支持了山內同學。那件事情都被抖出來了，你覺得我還能露出什麼表情做出引領班級的舉止？」

櫛田刻意沒有提及最有可能的理由——就是堀北的那件事。

「總覺得你一臉無法接受呢——」

「算是吧。」

「我先說在前頭，我不是因為堀北同學主導，所以才不想幫忙喲。」

「真的嗎？」

「真的真的。」

她「嗯嗯」地點了兩三下頭，不過這是在說謊。

「啊，你在懷疑我。」

我當然懷疑。我不露出那種表情，櫛田也一定會這麼想。

所以她才會斷定我會懷疑她。

「你是怎麼看待現在的我？要老實說喲。」

「我想想……」

她外表看起來的模樣，就是個露出可愛笑容的同學。

可是——

我試著想像櫛田的面具之下——藏在那裡的本性。

『那個臭女人，我一定要殺了她！居然在全班面前讓我出糗，我絕對不會饒了她！我要殺了她！殺了她殺了她殺了她！絕對要殺了她！』

她冒出青筋，對堀北破口大罵。

連續吐出不堪入耳的話語。

「…………」

我無法出聲形容自己這麼想像出來的模樣。

「你剛才在想非常失禮的事情嗎？」

「不……完全沒有。」

因為想像得太超過，我也有點語塞。

我決定從腦中消除那些想像，並提出正題。

「如果妳沒辦法協助的話，我打算以最大限度體諒妳的那些苦衷。」

「相對地你想要班上的情報……是嗎？」

櫛田很清楚這場特別考試代表著什麼。

「答對了。」

「如果是現在的你，你在班上不是也有可以仰賴的人嗎？」

櫛田掛著不變的笑容，不立刻答應幫忙。

即使我們之間有締結契約的關係，櫛田還是再度燃起戒心。

我應該迎接了她認為我是敵是友的最後轉折點。

「所有人都不及妳的能力。」

「你能這麼說，我是很開心啦，但我也有各種苦衷呢。」

「各種？」

「你真壞心眼耶，綾小路同學。」

自己的立場退到比過去還後面的位置，對櫛田來說是很大的扣分。

櫛田桔梗耗時一年構築的形象歪斜了。

雖然同學的支持無庸置疑依然很高，但還是會有些話無法清楚說出來吧。這是典型的「要博得信任很困難，失去卻只要一瞬間」的狀況。

「那讓我反過來問妳。妳怎樣才願意協助我？」

「這次只能請你放棄了吧。直到我變得可以做自己、放心地在班上生活為止，我都想安分地待著。這樣子你會不接受嗎？」

總之，她不會幫忙，但也不會妨礙班上。

不過，這也代表著換作是項目的話，她將會拿出最低限度的成果。

「我可以理解成這不只是對我，對堀北也一樣嗎？」

「是啊，你也可以這麼理解喲。因為最近我理解到這間學校對我來說，是個比想像中還要舒適的地方。」

她還是願意暫時戴著虛偽的面具，繼續演戲。

提供對我來說的好材料，應該也是櫛田的手腕吧。

無法在這邊得到櫛田幫助的損害很大，但先老實接受好像比較好。

「我知道了。說了強人所難的話，還真是抱歉。」

「不會。你能來拜託我，老實說我很開心喲。」

我來到校舍出入口之後，就決定和櫛田道別。

櫛田完全沒有停下腳步，往櫸木購物中心的方向走去。

4

週末結束，眨眼間就迎接了星期日——三月十四日的白色情人節。

老實說，我很感謝這天是星期日。

我的桌上準備了好幾份回禮。

如果這天是平日，我就會很辛苦，不知該在什麼時機送出了吧。

像是要在早上上課前送，還是放學後送。

送禮順序，或者若是別班的話該怎麼辦？——要思考的事情堆積如山。

最重要的是，被周圍看見那種模樣，就形象來講再怎麼樣都不太好。

我知道不去在意周圍目光回禮會是最好的，但我實在做不到。

不過如果是休假的話，只要簡單地投入信箱裡就可以。

我為了避免碰到別人，一大早就離開房間，走向宿舍的信箱。

「呃——……」

我把回禮各自投入送我情人節巧克力的學生的信箱裡。

放完所有巧克力了，好啦，那就回房間吧——我才這麼想，就碰到了一之瀨。

一之瀨的反應就像是看見了什麼不該看的東西。

「早、早安，綾小路同學。」

「啊……嗯，早安。」

現在明明還是七點以前，真是碰上了稀奇的巧遇。

可是今天一之瀨也沒打算跟我對上眼神。

「我醒來之後去散了步，剛回來。」

一之瀨看著我這邊似的盯著有點偏離的位置，同時這麼說。

她應該是正要檢查信箱再回房間吧。

「啊——呃，請。」

我為了讓她能看信箱而讓路。一之瀨向我點頭致意，確認信箱裡……然後當然會出現我放入的回禮。

「我想妳看見的話就會知道了，那個……這算是回禮。」

從信箱裡拿出盒子的一之瀨，稍微僵住般地定住不動。

「明明就不需要，那個，送什麼回禮……」

一之瀨想起自己要說什麼似的回答。

「不，這樣也不行。」

「……謝、謝謝。那個，抱歉啊，我不習慣這種事情，所以總覺得很緊張。」

這點我的想法也是一樣。現在是我不想見到任何人的時間點，所以很不知所措。

氣氛有點尷尬，我還是換個話題吧。

「……話說回來，妳星期四說的那件柴田的事，後來怎麼樣了？」

「啊，呃，那個，你很在意啊？」

「有點呢。」

一之瀨似乎也因為話題改變而變得比較好聊，她恢復了平時的感覺。

「我後來立刻去找了所有人問話，但就只有柴田同學報告的那三個人。不過——」

「不過？」

「感覺到了星期五，受害者就一口氣增加，另外還有三個男生、三個女生。昨天收到了同樣被到處尾隨，或是被搭話的報告。」

總之，這樣就是合計九個人受害。可是考試公布之後的三天只有鎖定三個人，到了星期五就一口氣增加了六個人嗎？

「知道跟蹤的學生是誰嗎？」

一之瀨點頭，然後說出學生的名字。

「就所知的範圍有石崎同學、小宮同學、山田同學、近藤同學、伊吹同學、木下同學。」

合計六人嗎？

都是些做過一定程度骯髒事的學生。

既然身分都清楚到這種地步，他們似乎並不是偷偷進行。

「這六個人可能是打算逮到某人，就尾隨那個人吧？」

D班大部分的人都是普通學生，她會這麼想應該也很自然。

「週末結束後，我打算再次詳細地詢問。」

「如果受害就如同想像中的擴大，妳打算怎麼辦？」

不久之後也可能會波及到一之瀨或神崎。

「嗯——什麼也沒辦法做呢，畢竟也不是被施暴……我請大家忍耐到實質傷害出現為止，而大家也都同意了。我是打算不怠於關懷同學的心靈狀態。」

她應該會先做好萬一出現某些實際傷害時立刻行動的準備吧。

「這樣啊。」

D班做出奇妙的動作。

他們是真的打算盯上B班所有的學生嗎？

假如執行的成員只有六人，這並不會構成太強烈的壓力。

就算重複做出這種事，也頂多只會在「D班來騷擾人了」的程度打住。

純粹是思考作戰的石崎沒想到這一步嗎？

還是說，只要可以帶來一些精神上的打擊，這就夠了呢？

「我有什麼對應不對的嗎？」

我在想些什麼的這點似乎傳達了過去，一之瀨有點不安地抬頭看我。

「沒有……現在這樣就好了吧？實際上，就算跟學校申訴也不能對D班施行什麼罰則。如果直接去表示不滿，才會正中他們的下懷。」

「嗯，是啊。」

不過，我應該必須先確認D班的目的是否跟我現在想像的內容一致。話雖如此，一之瀨好像無意行動，所以這也是多此一舉。

她要專守防衛的話，我這邊主動發言根本就是搞錯狀況。

「十個項目都決定好了嗎？」

「嗯，我們在很早的階段就理解彼此的強項、弱項，接下來就是參雜D班可能不擅長的項目，然後在昨天就讓項目做了最後的確定。綾小路同學你們呢？」

「我這次什麼也沒碰，十個項目的內容全都交給堀北了。」

「可是，指揮塔的干涉方式又怎麼樣呢？」

「包含那些在內也都交給了她。」

一之瀨似乎原本不認為身為指揮塔的我會隨意行事，所以很吃驚。

「意思是你很信任堀北同學嗎？還是說……如果是你的話，不論是什麼項目和規則都能恰當應對呢？」

「百分之百是前者。我跟妳不一樣，要好的同學很少，所以老實說不太了解狀況。即使當上指揮塔，我也是為了防止退學者的犧牲品。」

「但是，那麼你為什麼希望跟A班對戰呢？」

「這也是堀北的想法。那傢伙說不定是看到了什麼勝算。」

「這樣啊。」一之瀨沒有繼續追問。

話題也結束了，所以我們兩個就去等電梯。

「啊——……大意了……」

站在我隔壁的一之瀨想起什麼似的用食指輕輕繞著頭髮。

「大意？」

「沒、沒有，沒什麼事，別放在心上。」

我們搭入的電梯馬上就抵達了我房間所在的四樓。

「那麼，回頭見。」

我出了電梯，然後回過頭之後，有一瞬間跟放下警惕的一之瀨對上眼神。

「哇啊啊啊！回、回頭見！」

她突然慌張起來，並且連按關門鈕。因為電梯門被關上，馬上就看不見她的身影。最後道別方式變得很微妙，但總之這樣就熬過白色情人節的辛苦事件了，我就當作這樣沒有問題吧。

「這麼說來，她今天沒有柑橘的香味呢。」

現在是假日的早晨，她也不可能會特地擦香水出門吧。

5

星期一早上。今天是對戰對手的十個項目發表的日子。

A班究竟會提出什麼項目與規則，以及指揮塔的干涉呢？

我在上學的路途中偶遇堀北的哥哥和橘。

看起來不是在等我的樣子。真的只是剛好撞上。

橘沒特別說什麼，而是靜靜地往後退一步。

她是考慮到不要打擾我們兩人可能就要開始的對話嗎？

關於這部分，真不愧是一直待都在學生會扶持堀北哥哥的橘，她的應對迅速且細心周到。

「特別考試順利嗎？」

畢竟是堀北的哥哥。我不深入說明，他應該也掌握到我這邊的狀況了吧。

「這才是我該說的。你才是呢，有辦法在A班畢業嗎？」

「天曉得，這大概要取決於下星期的結果吧。」

即使沒問題、即使不安，我也確實無法從那張表情中領會出來。

「我這邊有你妹妹能夠奮戰。你這個哥哥的效果似乎比想像中還有用呢。」

「這樣啊。」

堀北簡直像是碰到了魔法藥水，現在非常朝氣蓬勃。

平田不在時，她率先去把班級統籌起來。

針對所有十個項目，她現在應該也是每天都一直研究著為了取勝的戰略。

「通常這個時期的三年級生早就放假了吧？」

「是啊，關於這點，我入學後得知也很驚訝。如果是大部分的高中，這時期都已進入休假了。但有關升學或就業當然也很順利地在進行。就在你們不知道的地方扎實地進行著。」

在舉行特別考試的空檔似乎有各種辛苦的事撞在一起。

「不過，還沒確定哪一班會以A班畢業，就在談升學或就業了嗎？」

「你遲早都會知道的。」

堀北哥哥只說了這些，不打算深入回答。

也就是說，有些事情不能對剩下的在校生說嗎？

要知道身處在A班會不會發揮價值，就要等到升上三年級之後。

「如果還有什麼沒問完的，你都可以問我。我就在可以回答的範圍內回答你吧。」

「你可以告訴我的範圍好像很窄耶。」

我諷刺地說完，堀北哥哥就真的非常輕微地揚起嘴角笑了。

「說不定呢，你就把這想成是前學生會長擁有的束縛吧。」

意思應該就是攸關全校的問題不能貿然說出。

「好吧，畢竟機會難得。我對你一直有個疑問。」

我決定在這個不經意的巧遇中試著向堀北哥哥提問。

「這是有關堀北……你妹的事情。我認為那傢伙是很優秀的人。學力和體能都絕對不算低。如果被問到是不是第一名，或許不是，但她從入學時就擁有足以排在第二、第三名的實力。說不定不及擔任學生會長的你，不過我無法想像她的程度到你會想要痛罵並趕出去。」

接著，我感受到的最強烈的突兀感——

「說起來你跟妹妹相差兩歲，總之，你沒看見她兩年的成長。在這間學校的系統上，乍看之下不會知道你妹妹有多少成長吧？」

因為他根本就見不到國二與國三的堀北。

就算知道妹妹入學時的成績，應該也不至於心生不滿。

當時，我在宿舍外面看見堀北哥哥對妹妹的那種態度有失冷靜。

「原來是這樣，如果是看見當時情況的你，會感到不可思議確實也理所當然。」

我確實回想起第一次接觸堀北哥哥時的事情。

「我對鈴音失望的不在於表面上的成績，而是心靈的成長。」

「心靈的成長？」

「現在的鈴音跟以前的鈴音很不一樣。她原本是個更會露出笑容的孩子。」

那傢伙經常露出笑容？

……不行，老實說我完全想像不到。

「總之，是她是受你的影響，才扮演冷酷的角色嗎？」

「因為她打算完全模仿我呢。這個壞習慣從鈴音升上國小高年級開始隱約可見，但現在想起來，都是我放著不管的失誤。我長年試圖藉著對她冷淡來改善，結果卻是完全相反的反效果。」

他說——結果堀北就不斷追逐哥哥的影子，最後變成現在這種性格。

「意思就是說，看似完美無缺的你，也在跟妹妹建立溝通上失敗了嗎？」

「根本就沒有什麼完美的人，不是嗎？」

「是啊。」

我刻意不否定這點。

「主要就是你跟她在學校再次相見，並跟那傢伙聊過才知道的嗎？」

雖然他們實在不像是有久聊過。

「根本不需要交談，我再次看到她的瞬間就知道了，知道鈴音在這兩年完全沒變。」

他是看見了只有哥哥才會知道的什麼嗎？堀北哥哥繼續說下去：

「我講過的話，她全都會忠實地試著回應。像是叫她去念書、叫她去運動。要她別做那個、別做這個——如果只有這些倒是還好。起初是我喜歡的食物、飲料，最後連我喜歡的顏色和服裝品味都模仿。她徹底地表現出對我的強烈依賴。」

到這種地步的話，感覺就有點可怕了呢。

但如果看見堀北自入學時開始的態度，我也可以同意這點。

「你跟妹妹在這間學校再次相遇，然後感受到她依然有依存症，是吧？」

如果不是什麼超能力者，要確認兩年的空白，材料實在是太少了。

「沒錯。如果是認識鈴音小時候的人，不管任何人來看都會知道。那傢伙——」

堀北說到一半就打住了。

「……不，這點我就連你都要先隱瞞。對我來說鈴音是否真有改變，我想把那件事當作確認的絕對判斷基準。」

「意思就是說你妹還沒有徹底改變呢。」

堀北哥哥點頭同意。堀北遠比以前展現出更多進步，但若讓哥哥來說，似乎還差得遠。

「她有拚命地試圖解除過去的咒縛，但也只是在途中而已。」

她能在畢業前達到哥哥說的判斷基準嗎？

距離畢業典禮只剩下沒幾天了。

「但假如——」

堀北哥哥一度停下腳步盯著我看。

我也不知為何被那對強而有力的眼神給吸入，並且停下了腳步。

「假如鈴音停止追逐我的幻影，切斷依存，然後可以坦率面對自己的話——」

一陣春風吹起。

「那傢伙應該會變成超越我，而且也會成為你無法忽視的人物吧。」

他不是傻父母，只是個傻哥哥——事情並不是這樣。

對於堀北的潛能之高，我也有很多部分感到相當佩服。

這是為什麼呢？是因為堀北哥哥對我說了這些話的關係嗎？

我的腦中突然掠過某件事。這是我該在這所學校做的事。

不對，是我想要做的事。總覺得我好像無意中突然看得見了。

「雖然——前提完全是如果那傢伙能改變呢。」

「她會改變的吧？」

我這麼說。

「不對，說法好像有點不對嗎？」

我做了修正。

「我打算試著讓她改變。不會像至今那樣含糊，而是認真去執行。」

「……哦？你居然會說出這種話啊。」

在這裡跟堀北哥哥偶遇且聊過的話，似乎將大大影響我的人生。

至於這個預測是否準確，要很久之後才會知道。

「欸，在你畢業前，我可以再問一件事嗎？這也完全是我個人的疑問。」

也不知道今後有沒有機會像這樣說話。

「什麼事？」

「你有跟你後面的橘交往嗎？」

我有自覺這是個很無聊的問題，但還是問了。

即使從學生會離開，他們兩個還是經常一起行動。

「沒有，沒有這種事。」

堀北哥哥很乾脆且不囉嗦地否認。看來不是為了隱瞞而撒謊。

不過我用斜眼確認了橘，她的表情似乎有點五味雜陳。

至少橘毫無疑問地對堀北哥哥懷有類似好意的情感吧。

「因為不管是好是壞，我這三年都是一心想著學校的事情。」

「這樣啊。」

「但沒想到從你口中會問出這種事呢。原來你也是個普通的高中生嗎？」

說不定是因為和星之宮老師聊過造成了影響。

「我覺得自己是最適合普通這一詞的高中生。」

「是嗎，這樣啊。那麼身為普通高中生的你交到女朋友了嗎？」

話題是我拋出來的，但沒想到他會順勢聊下去。

「現階段完全沒辦法。如果有對象的話，我倒還想招募呢。」

「如果是你，我可以放心把鈴音交給你，但我好像看得見那種景象，又完全無法想像呢。」

「這是當然的吧？」

不可能會有那種情況。

「不、不行啦，那樣講可能會立旗。」

至今都靜靜旁觀的橘急忙過來插話。

「旗？」

堀北哥哥反問後，橘便慌張地說明：

「沒有，呃，該說那是會反而一語成讖的法則嗎……因為認為絕對不會交往的兩人最後在一起，是很常有的事情。」

我跟堀北哥哥都不太明白橘的說明，而互看了對方。

「沒、沒有，沒什麼事。」

橘好像認為無法傳達，於是就這麼結束了話題。

6

於教室，早上的班會時間結束了。

同時，對戰對手A班挑選的十個項目也發表出來。

堀北根據留在教室的資料親自唸出內容。

如果整理那些內容、依照項目所需人數依序統整，就會是這樣——

「西洋棋」　　所需人數一人，持棋時間一小時（用盡即敗北）。
規則：比照一般西洋棋規則。但第四十一手以後，持棋時間也不會增加。
指揮塔：可於任意時間點利用持棋時間，於最多三十分鐘的期間下達指示。

「快速心算」　　所需人數兩人，時間三十分鐘。
規則：利用珠心算較量正確性以及速度，拿下第一名的學生班級獲勝。
指揮塔：可變更任何一題的答案。

「圍棋」　　所需人數三人，持棋時間一小時（用盡即敗北）。
規則：同時舉行三場一對一。比照一般圍棋規則。
指揮塔：可於任意時間點從旁建議一手棋。

「現代文考試」　　所需人數四人，時間五十分鐘。
規則：回答一年度學習範圍內的題目，比合計分數。

指揮塔：可代為回答一題。

「社會科考試」　所需人數五人，時間五十分鐘。
規則：回答年度之中地理、歷史、公民學習範圍內的題目，比合計分數。
指揮塔：可代為回答一題。

「排球」　所需人數六人，先得十分贏一局，三局決勝制。
規則：比照一般排球規則。
指揮塔：在任意時間點替補三名成員。

「數學考試」　所需人數七人，時間五十分鐘。
規則：回答一年度學習範圍內的題目，比合計分數。
指揮塔：可代為回答一題。

「英文考試」　所需人數八人，時間五十分鐘。
規則：回答一年度學習範圍內的題目，比合計分數。

指揮塔：可代為回答一題。

「多人跳繩」　所需人數二十人，時間三十分鐘。

規則：在兩次的挑戰中跳了比較多次的班級獲勝。

指揮塔：可任意變更一次對戰對手的排列順序。

「躲避球」　所需人數十八人，限時十分鐘，兩局決勝制。

規則：比照一般躲避球規則。一勝一敗的狀況則進行驟死賽（註：延長賽中先擊出一人出局者為勝的比賽）。

指揮塔：可於任意時間點讓一名出局的選手回到球場。

「他們意想不到地也放進了運動呢。我還以為全都會固定在筆試這種用腦的項目。話雖如此，這也很有可能是佯攻。」

這是堀北的第一印象。啟誠也同樣地說出感想：

「雖然西洋棋和圍棋是主流項目，可是好像很少學生碰過，感覺他們戳中很不留情的地方耶。運動也都是強烈帶有要求合作要素的項目。」

這個班上大概沒有學生不知道西洋棋和圍棋，可是實際上玩過、碰過的學生沒那麼多吧。

「跟我的假設不一樣的地方，就是指揮塔的干涉，大部分都被控制在最小的限度。尤其是以學力為主的項目，都是就算干涉也不會對勝負造成影響的內容。」

「他們對夥伴的能力就是那麼有自信吧。A班特別有自信的學力考試就有四個，加上所需人數也很多，這還滿嚴苛的呢……」

A班在每一次的考試上都經常在綜合能力拿下第一名。

每個考試的參加人數都偏多，應該就是那份自信的佐證。

指揮塔能做到的也只有最小的限度，所以我們會被迫進行一場純粹的班級學力比賽。

沒有完全填滿筆試也是個正確的判斷。

假如他們投入了多達七八個，我們也可以把想法轉換成考試完全只有學業。

他們製作我們會放棄的學科，同時也是為了避免被我們找到應考的方法吧。

「排球是六人，加上替補成員就是九人。躲避球是十八人。多人跳繩是最高人數的二十人。這些都是如果加入任何一項，我們就可能會輕易地進入第二輪的多人項目。」

既然不知道十個項目中，哪一個會在當天被採用，我們對所有的項目便都不能鬆懈。

而且，因為有許多需要大量人數的運動項目，因此就要在分配陣容和練習上分出龐大的時間跟勞力。大膽地借用體育館之類的地方練習，A班應該也會來探出這點。總之，我們必須躲起來偷偷累積練習。

不過，至於會不會當作正式項目採用就不知道了。就算我們利用龐大的時間練習，但要是那些項目被排出的話，辛苦就會全部化為泡影。最後都會是白費功夫。話雖如此，片面斷定對方的項目是佯攻而不練習，到時候就會如實地顯現出練習量的差距吧。我們大概不會有勝算。

雖然弄清楚A班學生在這一個星期會怎麼行動也很重要，不過要是他們趁著早上或深夜的空檔練習，要被發現就很不簡單了。另外，以少人數分組練習也有可能吧。

十個項目全都不能鬆懈，不管哪個被採用，全都是很麻煩的東西。

也理所當然不存在我們會欣然想要進行的項目。

「這裡面有人下過西洋棋或圍棋嗎？」

堀北徵求同學舉手。只有宮本舉起了手。

「我跟家人稍微下過圍棋，但我頂多是知道規則，並不厲害耶。」

兩個項目好像都毫無疑問地處在絕望的起跑線上。

我慢一點也舉起了手。

「我算是記得怎麼下西洋棋，但圍棋就完全不了解了，而且也沒有碰過。」

雖然我是指揮塔，但還是先彰顯自己可以轉到指導方。

「該說光是有人下過就算是個安慰了嗎？但我還是再次覺得，這場考試還真是不得了呢，因為在這裡顯示出的十個項目，我們全都無法輕忽。」

一個星期不到可以精通多少西洋棋跟圍棋呢？假如籤運偏向敵方的話，那我們挑的項目就只會被採用兩個，並且從這些裡面選出五個項目。

有些地方應該也會不得不仰賴學生原有的潛能。

但這是為什麼呢——

「怎麼了，綾小路同學？」

堀北一副感到不可思議地觀察我的表情。

「……不，沒什麼。」

西洋棋的干涉也太多了。內容幾乎可能是指揮塔之間的戰鬥。

看起來是含有「想在這個項目跟我戰鬥」的強烈想法。

「欸，堀北。我們接下來也要正式著手資訊戰了吧？」

啟誠好像很焦急，而這麼開口說道。

「A班會從十個項目中把什麼選為正式項目……你是要刺探這點，對吧？」

「對。老實說，要從現在開始彌補這十個項目會相當吃力。要是不得到情報，我們的勝算就會相當低。」

「但A班不可能輕易給出什麼情報吧？」

男生也說出了這種話，但這點不管是誰都很清楚吧。

「就是要以這個前提進行。」

「我明白你的想法。可是，現在很難立刻做出決定呢。先讓我掌握各個項目有多少人有經驗吧。」

堀北把資訊戰往後推延，似乎要從掌握總共十個的項目開始。

7

「堀北，可以打擾一下嗎？」

啟誠在休息時間向堀北搭話。

「沒問題，有什麼事？」

「這裡有點不方便……是關於特別考試的事情。」

他想私下談，所以就悄悄地催促堀北出去走廊。

我原本打算目送他們，堀北卻看了過來。

「可以讓綾小路同學也一起過來嗎？」

「……我知道了。」

啟誠似乎不太歡迎，但還是同意了。

這過程中也不是我該拒絕的氣氛，所以我就跟著他們兩人走了。

「我說過的話，妳考慮了嗎？」

「你指的是資訊戰？」

「對。」

「關於那件事……我認為要從A班得到情報很不容易。」

「可是，什麼都不做也太浪費了吧？我們應該有效利用時間。」

看來啟誠想盡快採取蒐集情報的動作。

我了解為了取勝而想要用盡各種手段的心情。

「這是纏著A班學生就會解決的事嗎？」

「是啊，普通學生會不會知道正式的五個項目都令人懷疑了呢。」

也可能只有坂柳知道，或是她只有告訴她的親信。

那傢伙的話，就算有徹底地管理情報也不足為奇。

「就算只有坂柳知道正式的五個項目，同班同學還是會有一定的頭緒吧？對吧，清隆？」

「這個嘛，如果是同班同學，應該就會知道吧。」

既然一年期間一直共同生活，就會對彼此的強項、弱項有一定的了解。

他們自己應該可以做到「這個大概會被選上」的推理。

「所以——我想到了可以從A班那裡得到情報的辦法。」

「什麼辦法？」

「就是把葛城拉攏到我們C班。」

啟誠確認四下無人，便小聲地說出口。

葛城——過去曾在A班與坂柳對立的領袖身分。

「仰慕葛城的戶塚，因為坂柳而遭到退學，他應該會心懷怨恨吧？我這幾天好幾次跟他擦身而過，葛城很明顯跟以前的他不一樣。」

他應該毫無疑問對坂柳懷有怨恨。

我想起了彌彥確定退學的那天，我跟葛城和龍園見面聊天時的事情。

「你認為他會只為了讓坂柳同學措手不及就背叛班級嗎？」

「當然會需要相符的談判素材吧。」

關於這點，啟誠似乎也有些想法。

「如果他可以替我們C班帶來勝利，即使是四勝三敗，我們也可以拿到一百三十點。以整個班級來思考的話，算起來一年也可以入帳六百萬以上的個人點數。甚至如果每個月都有儲蓄，也不是不可能存到將近兩千萬點。」

聽到這個份上，就會看出他想說什麼了。

「如果我們升上A班，就提供葛城移動班級的權利。把這個當作條件如何?而且這樣連葛城都會變成我們的夥伴。」

「一般的學生是不會接受這件事情的呢。再怎麼說，我們可都是C班呢。」

「可是，若是現在葛城所處的立場，他也沒辦法這麼說吧？」

「現在的葛城可能確實沒有容身之處。不過，要是他背叛的事情曝光，下次被退學的就會是葛城。他沒有時間從容地等我們存到兩千萬點。就算我們的班級點數順利上升，全班又都有徹底合作，最短也要花半年以上吧。」

在不勉強大家存錢的意義上，最好先看成實際上大概要花到一年左右。

再說，雖說是為了獲得班級點數，但兩千萬點的代價並不便宜。

「妳怎麼想，堀北？」

「……我想想，就像你說的那樣，得到資訊是非常重要的。」

「既然這樣——」

「不過，對於你的提議，我實在是無法贊同。」

「為、為什麼？」

「我認為葛城同學確實毫無疑問地被逼入了窘境。可是就算這樣，我也不認為他會接受剛才的條件並且背叛班級。我們的談判素材絕對不算很有力。」

要是可以準備現金，事情也會不一樣，但要等到超過一年之後就會很可疑。

「可是不行動就得不到任何情報了吧？」

「就算行動，我也不覺得能得到情報。」

「不試試怎麼知道？」

啟誠不肯罷休，但堀北也沒有點頭。

「對於進行資訊戰，我不是全部抱持否定態度，可是這個作戰不行。你有想到新的點子，再來找我商量吧。」

堀北這麼結束話題，然後回了教室。

「可惡！」

啟誠焦躁地踹牆。

「……欸，清隆，你可以幫忙嗎？」

「說服堀北嗎？」

「不是……是只靠我們去說服葛城。」

他這番話還真有決心呢。

「我不會說堀北已經放棄取勝，可是，她心裡的某處應該是認為我們敵不過A班吧？要不然，即使知道不可能，我們也應該試著挑戰。而且就算我們接觸葛城的事情曝光，也不會對C班造成什麼不利。」

就算我直接提出否定的意見，他大概也不會罷手吧。

既然這樣，一起過去或許還比較能掌握各種狀況。

「你要怎麼接觸葛城？」

「這——我要稍微想想。反正離考試也還有時間。」

「我知道了。那你決定好再告訴我。」

我只有叫啟誠不要先自己行動，並決定暫且協助他。

8

『欸。可以的話，現在要來談一談嗎？』

現在的時間是下午六點過後的晚餐之前。我盯著熱鍋的爐火，聽見堀北說出這句話。這時水正好煮沸了，開始啵啵地沸騰。

『你正在準備食物嗎？』

「沒有，別在意。」

只是水煮沸而已，我沒有在做任何特別的事。

「談？妳要談什麼？」

我抱著若是要我幫忙決定項目的提議就要拒絕的打算反問。

『放心，決定項目這點我不會依賴你，我答應你。』

堀北也看透了我的想法。

『只是……我想想，可以的話，能直接見面談嗎？我打算一小時左右就結束話題。』

是電話上不方便開口的事情，或是她有什麼事想直接看著我的眼睛刺探嗎？

一小時也算是有段時間呢。但我也沒理由否定直接見面。

「我知道了，妳要來我這邊嗎？」

『也是可以，但你最近在各方面都是漩渦中心的人物呢。要在我房間之類的嗎？』

她好像是在提防或許會有不期然的訪客前來。

我以前也去過堀北的房間，應該沒有特別的理由拒絕。

我把火關上。只拿了手機就直接離開房間，接著搭電梯前往堀北的房間。雖然已經日落，但時間還早，就算男生走在屬於女生區域的上面樓層，也不會特別不可思議。

9

我按下門鈴，不久之後就聽見開鎖聲。
我以為她會掛著平時的嚴肅表情迎接我，結果事情卻以意外的形式拉開序幕。
「歡迎。」
我意想不到地被心情不錯的堀北從玄關接了進去。
對於這個意外的部分，我反而感到一抹不安。
室內微微地飄來味噌的香味。
「我正好在準備晚餐，進來吧。」
雖然我覺得她也可以不用在這種時間點叫我出來……
在我猶豫要不要進房時，堀北用眼神催促了我，所以我就決定進門打擾。
她或許是對於時間晚了再約人有所抗拒。
我先思考到這種程度。一進到室內，就察覺了一件奇妙的事情。
因為小桌子上不知為何準備了兩人份的食物。

她跟我談完以後，是要跟其他的某人一起吃飯嗎？

「喂……」

我打算確認時，話就被她打斷。

「別客氣，坐在那裡吧。」

呃，叫我坐那裡……那個地方顯然擺著筷子。

本能告訴我——這是個為了強迫我做什麼的陷阱。

「所以，妳有什麼事嗎？」

我立刻避免坐下，打算開啟話題。

「你打算站著說嗎？我也要做準備，可以請你坐著等嗎？」

「不……因為我現在的心情是比較想要站著。」

「這算是哪門子的心情呀？你站著的話，我會靜不下心。坐下。」

堀北的語氣漸趨嚴厲。我決定坐下。

她平常的這種交織著強勢、強硬以及不講理的態度，還真是意外地久違了呢。

因為我主動拉開距離，堀北也開始疏遠我，所以我都忘了。

總之，我就乖乖坐著等吧。

不過，就我一瞥之下，目前還在烹飪途中。等到做完時，似乎會經過一段相當長的時間。

「喂，一個小時就會解決吧？」

「對，談話本身不會花到一小時。」

我對堀北背對著我說出的話當然感到掛心。

她在電話上也確實說過談話會在一小時結束。

換句話說，不包含談話之外的時間。

「如果包含除此之外的時間呢？」

「我想想……大概是一小時半到兩小時左右吧。」

果然是這樣嗎？

「畢竟是這種時間，我才想說至少讓你吃頓飯。」

根本沒人期望這種事。我有種被不講理的文字遊戲玩弄著的感覺。

話雖如此，既然她都讓我看見已經開始準備的料理，事到如今說不吃然後回去，也很不好意思。我不慎被她順利約了出來。

雖然堀北背對著我，但看得出她做飯的本領還不錯。

倒不如說，考慮到她是高一生，看起來還滿有模有樣的。

「我父母都在工作，所以我常常負責晚餐。」

堀北就像是理解我的視線、想法似的喃喃說道。

「妳都不會覺得麻煩、費功夫之類的嗎？」

料理煮出來是很令人開心，但還是有不少麻煩的部分。

「知道哥哥要升入這所學校，我就主動增加了烹飪的機會。」

「妳是料到自己也會進到這所學校獨自生活嗎？」

「答對了。」

咚！她用菜刀切完什麼東西之後，這次著手對鍋子裡的味噌湯做最後的加工。

但如果不是特別考試的話題，那她打算說什麼呢？

只有這點，我還看不出來。

10

我又等了十五分鐘左右。

堀北的料理完成，所有菜餚都陳列在餐桌上。在視野中延展開來的料理比我想像得還要到位，是偶爾會在電視等地方看到讓餐桌豐富多彩的餐點。堀北接著在我眼前坐了下來。

假如須藤看見這片光景，說不定會激動地撲過來。

就算我說是誤會，應該也完全講不通。

倒不如說，我很想相信須藤也已經接受過這種款待。

不對，就算這樣，我還是有可能被當作嫉妒的對象。

「吃吧。」

我被她這麼催促，因此拿起筷子。我們兩人隔著菜餚面對面。

我對這片光景懷有強烈的既視感。

我想起入學不久的那陣子在學校的學生餐廳吃下堀北請的食物，而遭到利用的事。

「你懷疑我嗎？」

「我實在有種不好的感覺，這也是事實。」

「要是你會懷疑別人的親切，就是你身為一個人有問題的證據。」

「輪得到妳來說啊？」

「今天是特別的喔。」

「…………」

如果這是她費心煮的飯，我不吃好像也很失禮。

可是忍不住懷疑就是人的天性。不對，只是至今的經驗這麼告訴我而已。可是我已經被三百六十度地徹底包圍了。

在貿然踏入堀北房間的當下，輸贏就已經決定了。

總之，我決定先試著從湯品開始享用。

味噌的香味撲鼻而來。裡面是以白蘿蔔為主體，加上感覺很溫和的食材們。

「這是麥味噌對吧。」

我喝了一口，在嘴裡擴散開來的強烈甜味很具有象徵性。

「你滿懂的呢，這是在九州很受喜愛的味噌，還合你的胃口嗎？」

「妳很會煮飯耶。」

我試著老實地誇讚堀北，但她沒有表現得特別高興。

「是現在的時代不需要的特殊技能呢，這也不是件值得自豪的事。如果有想做的東西，只要在超市或超商買回來，剩下的就是上網查食譜。」

如果只是煮飯的話或許是這樣，但即使只拿裝盤方式、蔬菜等等的切法來舉例，這些都會展現個人品味。不是一朝一夕就辦得到的。

「妳平時也會招待須藤嗎？」

我這麼問，堀北就有點不滿地看向我。

「為什麼我得煮飯給他吃？」

「沒有……妳應該常常教他念書吧？」

「是啊，可是就算這麼說，這也不會成為煮飯給他吃的理由吧？」

我自認這只是個瑣碎的小問題，堀北卻繼續反駁：

「如果我的立場是他教我念書，那剛才的疑問我還可以理解，畢竟那會是兼做平時謝禮的行動。但是我在教他念書，我不可能做出這麼費功夫的事情。」

這是讓人完全無法反駁的完美道理啦……

「真不知道你是聰明還是笨呢。」

這也是我想要說的話。須藤對堀北懷有好感。從這種關聯性去款待他，應該也是有可能的。看來目前她還沒有正面理解須藤的好感。不過，這只是因為堀北不看重戀愛這種事吧。她自己還沒有成長到可以意識到這種事情的階段。

「好啦，那麼可以讓我進入正題嗎？」

堀北這麼打聲招呼，就把筆記本拿出來遞給我。

我也不必反問「這是什麼？」了吧。這是堀北近期一直埋頭處理的東西。

「我思考了對C班感覺最好的計畫。希望你幫我評價。」

接著又這麼補上：

「你吃下那些飯了吧？」

這種做法實在很骯髒。居然先給報酬，再委託工作。我毫不猶豫地收下，然後翻開筆記本。

裡面滿滿地記載著關於特別考試的內容。雖然也有寫下A班十個項目的內容，但也因為今天才剛發表出來，目前只有寫到一半。

順帶一提，C班選擇的十個項目是「英文」、「籃球」、「弓道」、「游泳」、「網球」、「桌球」、「打字技能」、「足球」、「鋼琴」以及「猜拳」。

最後一個好像是作為傷腦筋時可使用的密技而放入的。

各個項目是哪些人擅長、有多少機率可能獲勝——上面也寫著堀北的這些評價要點。必要的東西全都匯集在這本筆記本了。我靜靜地連細節都瀏覽過去。堀北看見我這副模樣，就露出驚訝的表情。

「先不論吃飯的事，妳沒想到我會認真閱讀，對吧？」

「嗯、嗯嗯，因為我原本也做好心理準備會被回絕……」

「這次的特別考試上，妳反覆分析過的資料會是不可或缺的，再說我不看過一遍就會無法發揮指揮塔的力量。」

跟我聽到的零碎資料相互對照，兩者也沒有任何地方不一樣。

「這是會讓我們班變得一絲不掛的資料集合體耶。」

「這就是我這個星期煩惱到最後所得出的答案。不正確就傷腦筋了呢。」

說極端點，有了這個的話，不管是其他的任何人都可以擔任指揮塔了吧。

「我會就這樣繼續改良筆記本，最後也會對A班的十個項目分配人力。我認為到時候的形式會是請你看過這些資料，再作為指揮塔挑戰。」

「是啊。須藤和明人在一對一以外的項目也可能成為戰力。小野寺的話，如果她要跟男生比賽就會缺乏可靠性。先思考第三、第四個候補人員，應該會比較明智。」

堀北靜靜地點頭。因為輕易決定有機會在各別項目中奪下榮耀的學生會很浪費名額。不論如何，這到目前為止都真的是無可挑剔的出色成果。

「我對筆記本的內容沒有異議。不過，我可以要求一件事嗎？」

「什麼事？」

「A班選擇的項目中有西洋棋，對吧？」

我喝了一口水，然後這麼開口說道。

沒有學生擅長西洋棋，筆記本上理所當然般是一片空白。

「對，這是目前暫緩中的項目，畢竟連我都沒下過。教室裡知道規則的只有身為指揮塔的你。這部分也許要再詢問你的意見。」

「關於這件事，我想請妳負責西洋棋的項目。」

「……我？雖然確實有必要先讓某個人練習……這是為什麼？」

「我實在難以變得很強，而且大概無法取勝。」堀北這麼說。

「因為我認為妳最適合讓我教。」

「如果對象是我，就不必從頭建立關係，你會很輕鬆。是嗎？」

「若說沒有這層面的話，就是在騙人了呢。」

「我是可以接受……但應該還是有些學生會聽你的話吧？再說，雖然這樣講也有點怪，但我覺得也有其他項目是我派得上用場的。」

基本上堀北是全能的學生。

筆試跟運動都能拿出一定水準以上的成績。這點我也不懷疑。

「西洋棋需要的會是純粹的能力。對方設定的指揮塔干涉有附加時間限制。坂柳就算對西洋棋再有自信，這段時間也會令她不放心，我不認為她會在開場就花掉。這麼一來，關鍵就是布局階段的戰鬥。」

如果變成布局階段就被打敗的局勢，我要挽回就會極為困難。

「你會個別注意西洋棋，應該不單是因為了解規則吧？在你的預測裡，你認為A班會把西洋棋選入五個項目之中，對吧？」

「幾乎不會有錯，只有西洋棋的指揮塔干涉過度強烈，這也令人掛心。」

「我確實也很在意這點……好，我會順著你的判斷。」

我很感謝她能欣然接受，同時繼續吃飯。

「所以說，那西洋棋的練習方式呢？」

「雖然這樣會把辛勞強加給妳，但我打算在半夜透過網路進行練習。」

「這樣確實不會引人注意，細節也不會被人知道。」

不會壓迫其他練習也是個優點。

11

我期待話題會就此結束，但天底下才沒有那麼好的事。

「我有事要拜託你，綾小路同學。你吃下我煮的飯了吧？」

「妳就不覺得每次都這麼做很卑鄙嗎？」

餐點吃了大約一半之後，這個惡魔再次銳利地追問。

事情不會只有剛才的筆記本就結束嗎？

「卑鄙？我才覺得你的做法有些地方很卑鄙呢。」

「妳是指什麼？」

「上次的班級投票，在背地裡策動我的人就是你吧？回答我。」

「慢著，我什麼都——」

「哥哥給了我建議，而幕後黑手就是你。」

這讓人不覺得是隨便想到就說出來。

話雖如此，堀北的哥哥也不可能洩漏此事。

「我一開始沒有發現，但冷靜下來慢慢想就知道了。」

她是憑自己的力量得到這個結論。

「因為你完全預測到我會怎麼行動。」

「就算我否認，妳似乎也不會相信呢。」

「對。我確實沒有任何決定性的證據。就算問哥哥，他大概也不會說出任何暗示你有干涉的發言，可是，這在我心裡變成是一種確信。」

堀北這一年都有在一點一點地成長。

我跟堀北哥哥都認同這點。

隨著與哥哥的爭執漸漸減少，她的才能就一口氣地開始綻放。

正因為哥哥跟她相處得遠比我還要久，他應該已察覺到堀北擁有多麼大的潛能。正因如此，他應該對於只是不斷追逐哥哥的妹妹感到束手無策吧。

「你好像還滿不自在的呢。」

「因為我有種在接受壓迫式面試的感覺。」

「唉，算了，我也從你的態度得知我果然無法軟化你。」

她這麼結束話題。以後要暗中操控她似乎也會變得很困難。

「接下來我要提問，你不回答也沒關係。」

堀北的眼神緊抓著我的視線不放。

「你認為我們贏得過跟坂柳同學的對決嗎？」

「我覺得她不是完全敵不過的對手。看過這份筆記本，我是這麼想的。」

「……好吧，我會盡自己所能貢獻地統籌班級。」

「事實上，妳現在就做得很出色喔。」

平田不在的情況下，幾乎所有同學都聽從堀北的指示行動。

她在前方帶領同學，做起為了取勝的準備。

她能率先處理我辦不到的部分，老實說我很感謝她。

「接下來也都交給妳了，全都由妳來判斷決定吧。」

「我知道。不過關於指揮塔的規則，只有這部分，不是交給你決定會比較好嗎？」

「那個也由妳做就好。」

「……意思就是說，你直到最後都只會靠我準備的材料去戰鬥嗎？」

「反正我也不了解班上的細節。」
「真是的……如果你認為這樣就能贏A班，這可是很天真的想法。」
「可能吧。」
我被送到玄關前，然後離開她的房間。
「今天我會先說聲多謝款待……但下次就別再用這招了。」
我的眼前浮現每次被給食物就會疑神疑鬼的畫面。
「是啊，我會想其他辦法。」
不對，我不是那種意思。

12

與A班的對決在即的幾天前，啟誠成功接觸了葛城。
他馬上打給我，把我叫到沒有人煙的地方。
基本上孤立的葛城都是單獨行動，所以應該很容易逮到他吧。
「……所以，你要我怎麼做，幸村？」

這男人應該對坂柳懷著強烈的憤怒，他對啟誠投以銳利的眼神。

「葛城，我有事想請你幫忙。」

「畢竟是這種時期的商量，我也不需要問你是什麼事了。」

葛城預先察覺啟誠打算提議的事情。

「那就好談了。我想請你告訴我正式採用的五個項目是什麼，另一件事情就是想請你在考試上放水。」

啟誠說出沒跟我和堀北說過的話。

「做出那種事，我會有什麼回報？」

「葛城，我們班會歡迎你。」

「這話還真有意思呢。你是說要我背叛A班，然後掉下C班嗎？」

他嘲笑般地回絕啟誠的提議。

「我們總有一天會升上A班，我們有足夠的實力。」

「到時候這場交易就會生效。」啟誠再次主張。

但對葛城來說，這聽起來就只是對方在碎念著莫名其妙的話吧。

「總有一天會升上A班嗎？不管聽哪個班級說，都會說出一樣的話吧？」

「這……」

「真有實力的話，要不要試著別做出這種一時遷就的事情，然後贏過A班？你不就是辦不到這點，才會不惜利用我也想要獲勝嗎？」

面對葛城讓人無語反駁、類似斥責的強烈語氣，啟誠陷入了沉默。

「算了。就算你們真能升上A班，難道你能為了交換情報，立刻提供兩千萬點給我嗎？不，這是不可能的吧。若你現在能準備那筆點數給我，早在之前就阻止了山內退學也不奇怪。」

葛城當然也很清楚我們沒有那種鉅款。

「這……」

「你打算跟我說兩年後會準備好兩千萬點，所以要我等你嗎？」

「……沒錯。」

「根本是天方夜譚呢。你們升上A班也不保證到時就可以準備好兩千萬點。就算交換了契約，但缺少必要條件的話也無能為力吧。不對，說起來，這件事是C班全體的意見嗎？」

葛城並非只是個愚蠢學生。他對我們的狀況應該瞭若指掌。

假如這是C班全體的意見，來見葛城的就應該是堀北等級的人物。對象是我跟啟誠的現下，他一定已察覺到這仍未公開。

「我可以理解你很拚命，但你連談判的前提都沒有準備好。你要等我欣然答應協助之後，再到班上討論並獲得許可？你以為這樣我會接受嗎？」

背叛夥伴班級的行為，並非輕易就能辦到。
再加上，對方若是個越講義氣的人，那就越是如此。
「……你就這樣默默地讓坂柳壓著打，這樣好嗎？」
「什麼？」
「她把戶塚逼到退學，即使如此你還是想緊抓著現在的A班嗎？」
啟誠理解以正面進攻的方式無法攻陷葛城，於是就豁出去深入核心。
「我可沒自信以那麼悽慘的狀態生活到畢業。那是窩囊廢才會做的事情。」
「你最後的手段是罵我悲慘，並且刺激我嗎？這就談判做法來說是零分呢，幸村。」
「唔！」
這樣的葛城，也把矛頭指向一同出席的我。
「你有什麼話要說嗎，綾小路？」
「沒有，你說得沒錯。我們沒有餘地可以反駁。」
我表現出舉白旗的態度，葛城就立刻從我身上別開視線。
「幸村，我不是想責備你，可是如果想讓人背叛，沒有抱著相應的覺悟是不行的。」
葛城就這樣靠著牆，往偏離我們的方向看過去。
與其說他是在看著什麼，倒不如說是什麼也沒在看。

「不過，你倒是說到了唯一一件正確的事情。」

「……正確的事情？」

啟誠已經失去鬥志，卻因為葛城的話而抬起頭。

「就是我對坂柳懷著無法控制的強烈憤怒。就算少了談判材料，這件事也依然值得我個人採取行動。」

葛城就這樣雙手抱胸，盯著啟誠的眼睛。

「你們可能也在某種程度上預測到，坂柳沒有向任何人說明正式的五個項目。」

就跟我們料想的一樣，目前似乎是只藏在坂柳心中的狀態。

「我也看不慣這點。這不是該在這次整個班級都要合作的考試上做的事情。原本的話，夥伴間共享、採取踏實取勝的戰略才理所當然。」

雖然不洩漏五個項目會是最大的強處，可是也因此會無法進行針對項目的加強練習。要毫無遺漏地練習十個項目，效率當然會降低。

「如果你不介意我自作主張的猜想，那我也不是不能告訴你。」

「真、真的嗎！」

在覺得實在無法拉攏葛城，即將放棄的情況下，幸運卻以意想不到的形式降臨。

意思就是說，他對坂柳的恨意就是那麼強烈。

「前提是你要答應這裡的事情絕對不能外傳……」

「當、當然。我之後也會向堀北他們提議兩千萬點的事。」

啟誠答應此事般地點頭。

「不需要。就算這是對你們有益的情報，你們也沒辦法準備兩千萬點吧。」

「既然這樣，你希望什麼回報呢？」

「什麼都不用。硬要說的話，就只有坂柳的敗北。」

葛城這樣說完，就開始做起說明：

「『西洋棋』、『英文考試』、『數學考試』——這三個項目肯定是第一順位。其次就是『現代文考試』和『快速心算』了吧。反過來說，需要大量人數的多人跳繩或者躲避球，就幾乎是伴攻。就我所知，同學們好像也沒有在練習。」

葛城說的對不對，不到當天是不會知道的。

可是，這之中占三個以上的真正項目應該不會有錯。

「這樣真的好嗎？那個……毫無回報。」

「我說過了吧？就算少了談判要素，也值得我行動。」

啟誠以始料未及的形式獲得本以為難以從葛城身上得到的情報。

那種喜悅應該漸漸地湧現出來了。

「太、太好了，清隆。這樣我們也有勝算了！」

啟誠擺出勝利姿勢。

「還有一件事。你說希望我在考試上放水，對吧？」

「咦，啊，沒有，這不勉強——」

「呵，你都談判到這種地步了，只有這份情報就滿足啦？」

啟誠慌張的模樣似乎很有趣，葛城微微笑了。

「也不是這樣啦……」

「我不認為A班是只憑半吊子的協助就贏得過的對手，先想成我放水後才可以勉強比得不相上下，應該會比較明智。但是，我能幫你們的只有快速心算，或是萬一被選上時的多人跳繩。」

我決定對這麼說著的葛城丟出一個疑問。

「受到坂柳提防的情況下，有辦法讓她選你參加項目嗎？如果多人跳繩變成項目就可能會比到一輪以上。但在一兩個人就可以左右項目勝敗的快速心算上，你保證我們可以指望你嗎？」

「A班裡擅長快速心算的就只有我跟另一個田宮，田宮的實力不是很強，這種情況下把我排除在外，就單純地是在降低勝率。她大概以為藉著讓彌彥退學，我就會徹底屈服吧。就算是為了將我當成棋子運用自如，都會先來任用我。」

葛城曾經是一股那麼反抗她的勢力，她卻把葛城當作棋子使用。

這好像也會變成對坂柳而言的自我宣傳嗎？葛城的提議是——如果是快速心算的話，那他就會故意搞錯題目，如果是多人跳繩的話，那他就會在很早的階段碰到繩子。

「可是，我想盡量避免被坂柳知道自己故意輸掉。雖然多人跳繩也可以做出偶然的假失誤，但關於快速心算的部分，我會解開簡單的題目。」

假裝彼此不相上下，同時以毫釐之差獲勝。

「不過，如果當天快速心算被選中我卻沒被指名，你們就放棄吧。就想成是運氣不好。」

即使如此，我們也不可能對於他提供破格的情報有所不滿。

葛城離開後，啟誠就興奮地說：

「我們趕緊跟堀北說這件事吧。」

「不……這次接觸過葛城的事情，最好還不要告訴堀北。」

「為、為什麼？」

「順利進行是結果論。假如被她知道我們擅自行動，她可是會生氣的。」

「就算這樣也應該善加利用情報吧？」

「我希望你把說出的時機全權交給我。我不會讓班上吃虧的。」

啟誠稍微煩惱了一下，不過最後還是答應了。

應該是瞞著堀北接觸葛城的這份愧疚事實使他這麼做。

男兒淚

雖然拉攏葛城得到了資訊，但C班也不會這樣就占了優勢。

對這點心知肚明的堀北，嘗試逐一解決不安因子。

「等一下，平田同學。」

堀北呼喚放學後最先離席、打算回去的平田。

這是班級投票結束後，頭一次發生的事件。

平田沒有回頭，只有停下腳步。

「你大概不想跟我說話，但讓我確認一件事。C班選的項目不會輪到你出場，當天也沒有安排要任用你。可是，這視狀況而定也會有所改變。坂柳同學因為了解你的狀態，就算她扔出好幾個需要大量人數的項目也是可以想像的呢。」

就算C班再怎麼顧慮平田，也可能會迎接三十八個人全體出場的狀況。

「變成那樣的時候，你會怎麼做呢？死氣沉沉地扯後腿嗎？還是說，你願意有最低限度的表現？唯獨這點，能不能請你回答呢？」

可是，平田什麼也不回答。教室中只籠罩著沉重的沉默。時間在平田邁步走出的同時才開始流逝。

「沒辦法請他回答呢。」

堀北只是對平田感到傻眼而已，她放棄般移開了視線。

「……欸，我們……果然贏不了嗎……畢竟平田同學都那個樣子了。」

女生們透露不安的想法。

這點男生也一樣吧。一直領著班級往前走的男人不在了。

這再次變成沉重的壓力襲擊而來。

「你說過要取決於周遭的努力，但他到頭來什麼都沒有改變呢。」

「是嗎？」

「咦……？」

堀北一副感到不可思議地抬起頭，我的視線前方則在於別處。

「平田同學！等一下！」

小美的這種喊叫都不知是第幾次了。她急忙抓起書包追了上去。

「小美還沒有放棄。」

「我實在是無法理解。」

「妳也有妳該做的事吧？那就是統籌C班，並且提昇精確度。」

現在能辦到這件事的，在這個班級裡除了堀北之外別無他人。

我去追小美。

並在通往宿舍的途中目擊到他們兩個面對面。這跟酸甜的告白不一樣。

而是她身為同班同學，為了讓平田恢復的進攻。

「求求你，平田同學，我們需要你的力量……所以——」

「小美，我希望妳適可而止。妳能不能不要管我了……」

「我要說幾次妳才會懂？」平田心情沉重地發牢騷。

這些如刀般銳利的發言，應該毫無疑問深深刺進了小美的心。

然而，她眼神的強度並沒有減弱。

就算一再被推開，小美還是不肯放棄。

「沒、沒辦法放著你不管啦……我沒辦法放著這種狀態的你不管！」

「不然我要怎麼做，妳才能放著我不管？告訴我吧。」

「這……那個，如果你能恢復原狀……」

「恢復原狀？這沒辦法呢。」

冷淡的話語毫不留情地數次落在小美身上。

「沒這回事！我、我相信你還能恢復原狀。」

「就說沒辦法了吧？就算妳自作主張地相信，我也很傷腦筋。」

「就算這樣，我還是相信你！」

平田緊握拳頭。視情況而定，這種氣氛下他有可能會動手。

「既然這樣，妳能讓山內同學回來嗎？」

「咦……？」

「所謂的恢復原狀，就是這麼回事。」

退學的山內不會再次回到C班。

平田也跟這件事一樣不會恢復原樣。

他向小美傳達這個事實。

「這……」

「我希望妳在說話之前先了解這點。」

平田轉身，打算邁步而出。小美忍不住伸出了右手。

她抓住平田的右手臂，想要挽留他。

因為要是讓他走進宿舍，今天又會是她什麼都辦不到的一天。

「能放開我嗎？」

「我、我不放！」

即使被拒絕，小美還是堅持到底。

她相信這麼做的話，她的想法一定也會傳達給平田。

我就這樣跟兩人保持一點距離，待在原地注視這片光景。

我判斷不能貿然地過度接近，並妨礙到小美。

然而，平田露骨地嘆了氣。

他果斷地舉起右臂，接著甩開小美的手似的往下揮。

「呀！」

這種強硬的做法很不像平田。

小美不由得順勢當場倒地。

「……不要再管我了，否則……我……我——！」

跌倒在地的小美仰望著的前方——

平田蘊含怒氣的視線，又傷害了小美。

「我已經不害怕失去了，如果妳繼續糾纏我……」

最後的最後——

平田打算對小美做出與至今為止的言語無法比擬的嚴懲。

這種時候，我旁邊有一名男人經過。

那個金髮隨風飄揚，散布古龍水香味的男人。

「哎呀呀，你今天好像也很優柔寡斷呢。讓我看見你醜陋的一面了啊。」

他用輕挑的言語刺激平田。高圓寺基本上也是回家組。

「噢，別把我放在心上，你繼續剛才的話題。我就看著吧。」

平田也沒有笨到被說了這種話還繼續下去。

倒不如說，他開始對這名亂入的男人抱著敵意。

「你也……對我有什麼期望嗎……」

「期望？根本就沒什麼期望。因為我已經擁有一切了呢。」

高圓寺這麼回答後，就打算從平田他們旁邊走過去……

「不過，我想想，如果硬要說我對你有期望的話……」

這對高圓寺來說只是回家路上。

僅只如此。

平田的心情之類的根本無所謂。

「那就是你很礙眼，可以別出現在我的視野中嗎？既然這裡對你來說變得不是理想School，那你只要趕快退出不就行了嗎？」

這些話很有高圓寺的作風。他勸平田如果要一直舉棋不定，倒不如趕快退學。

「……吵死了……你根本就不懂我的狀況……」

「我不懂，也沒有興趣，但我可以推測出來。你應該會說什麼因為會給同學添麻煩，所以沒辦法輕易退學吧？真是Nonsense呢。」

「請、請不要這樣，高圓寺同學！平田同學沒有任何不對！」

小美為了阻止高圓寺對平田糾纏不休的言語攻擊而站了起來。

「噢，妳好像不喜歡我說的話呢。還真是失禮了。」

高圓寺笑著，同時對小美表示一定的敬意。

「但妳最好快點忘了平田boy，這個人已經不行了。」

原本勉強踩在極限邊緣上的平田睜大雙眼，逼近高圓寺。

「不、不行，平田同學！」

小美察覺到明顯的異常，打算阻止平田而介入兩人之間，平田卻比剛才還要用力地撞開了小美。然後完全不理會小美，就把手伸向高圓寺。

他的右手打算抓住高圓寺的胸襟，結果反而被高圓寺的左手迅速抓住手腕，並且控制下來。

「唔！」

「我對上前的對手是不會留情的喔。我不想讓我美麗的臉龐受傷呢。」

高圓寺似乎以握力緊緊勒住平田的手腕，平田露出痛苦、憤怒的表情。

「給我適可而止，你很煩人啊，高圓寺……！」

「要做什麼都是你的自由，但我可沒道理被惹哭Girl的你說長道短呢。」

高圓寺看了一眼就這麼癱坐在地的小美。

然後鬆開平田的手腕這麼說：

「人是你推倒的，你不對她伸出手嗎？」

「……已經與我無關了。」

「居然說無關啊？妳好像被他說了相當嚴厲的話耶。」

小美變得無法正面看著平田，撇開了視線。

「唉，沒差，這也是平田boy的自由呢。」

「咦、咦、咦！」

高圓寺颯爽地抱起跌倒的小美。

「不過，既然你都說不需要，那我就收下吧。」

他是個讓人搞不懂會做出什麼事情的男人，對於他突如其來的行為，小美跟平田都目瞪口呆。

「妳很傷心，而且又受了傷。就讓我替妳療傷吧。」

「那那那那那、那個、那個！我沒有受任何傷！」

「沒什麼，妳不用擔心啦。別看我這樣，我可是非常Gentle的呢。」

高圓寺說的傷，恐怕不是肉體部分，而是精神層面。

我覺得他是在指傷心——大概吧。

高圓寺就像要跟平田拉開距離似的開始遠離他。

「那個那個，請放我下來！」

「哈哈哈！這可不行，因為妳已經被我接收下來了呢。」

「咦咦咦咦！」

平田死盯著高圓寺這樣的背影。

這點似乎傳達了過去，高圓寺於是停下腳步。

「你對我還有不滿嗎？」

老實說我很希望他在此無視平田。

「你一直都在傷害我呢。徹底、徹底地。」

「不是，是你在傷害周圍。至少我絕對不會輕視對自己懷有好感的Girl喔。」

高圓寺邁步而出，不打算專心聽吵鬧的小美說話。

平田發現他們前往宿舍的路徑一樣，他不想繼續與高圓寺共度，因此往另一個不同的方向邁出步伐。

我有一瞬間很猶豫要跟著哪一邊去，但還是決定去追高圓寺。

畢竟小美掉落的書包也還在原地，我撿起來然後追了過去。

在就要抵達宿舍門口時，高圓寺溫柔地放下小美。

「高、高圓寺同學，為什麼你……」

「呵呵呵。好啦，這是為什麼呢？」

高圓寺笑了，沒回答小美的疑問。

「總之，今天妳就放棄追平田boy吧。」

我把撿來的背包遞給小美。

「謝謝你，綾小路同學……是說，你剛才在場啊。」

因為我很擅長消除氣息呢——我沒把這句話說出口。

「直到妳搭進電梯為止，我都會在這裡監視喔。」

「……我、我知道了。」

現在去找平田也不知道他會在哪裡。

小美暫時放棄了，她為了從高圓寺手上被釋放而搭進電梯。

我也守著這個情況，同時看著坐在大廳沙發上的高圓寺。

「好啦……找我有什麼事嗎，綾小路boy？」

「你為什麼要去跟平田說話啊，高圓寺？這行為是在火上澆油吧？還是說，你認為這樣對班上好，才採取行動呢？」

「你似乎還不了解我呢。」

他嘖嘖嘖地豎起食指，輕輕搖了搖。

「我不可能為了班上行動，因為我只會做我想做的事情呢。無論結果對班級來說是加分還是扣分，那也只不過是Byproduct。」

意思就是說，那只會是副加產品嗎？高圓寺只做自己想做的事。要說有唯一的例外，就是他只會在自己揹上退學風險時展現行動吧。

「他這個醜陋的存在就像蒼蠅一樣，讓我覺得很厭煩呢。」

所以他才會忍不住去搭話嗎？

「要為所欲為是你的自由，但假如下次舉行那種班級投票的考試，你要怎麼辦？老實說，現在沒有學生比你更處在窘境呢。」

「呵呵呵，總有辦法的呢，憑我的實力的話。」

高圓寺確認小美的身影完全從電梯裡消失，就站了起來。

「對了，我記得你在這次考試上當上指揮塔。」

「對。」

「我提不起勁，所以你就避免任用我吧。」

「抱歉，判斷這點的人是堀北。我沒有決定權。」

「不對吧？不是她，你才擁有決定權——身為指揮塔的你呢。」

規則上確實是這樣……但這部分跟高圓寺好像也說不通呢。

「總之，就麻煩你臨機應變地應對。」

他留下這句話就搭入電梯，回自己的房間。

1

我決定離開宿舍尋找平田。

他大概不會回去學校，所以應該是在櫸樹購物中心或那附近吧。

如果把他會迴避人煙當作前提，那他在外面的可能性似乎比較高。

總之，我試著到處走走。

我四處尋找了一個小時左右，然後就發現了那個坐在長椅上的落寞背影。

「平田。」

我縮短到極近的距離，來到伸手可及的範圍之後，呼喚了他的名字。

「……綾小路同學。」

平田慢慢地回應我，並抬起低著的臉。

我很久沒有像這樣正面看著他的臉了。

他簡直就像是沒有睡覺，眼睛下方形成了我不曾見過的嚴重黑眼圈。

「可以借點時間嗎？」

我這麼請求，平田就稍微睜開眼。

「我已經很煩了，一個接著一個的，你幹嘛來理我啊？我還以為只有你會懂我，所以願意放著我不管。真是失望。」

「抱歉啊。你不願意的話，那要不要就像你對小美那樣把我撞開再逃跑？」

就算我故意說出可當作是在挑釁的發言，平田也沒有從長椅上站起。

「借時間是吧？沒關係喔，反正我在這間學校也無處可逃。我今天已經累了，也沒力氣逃走。可是……我覺得我一定無法達成你的期待。」

平田在這短短的期間內被許多學生搭過話。

擔心的話語、鼓勵的話語，不論是哪個都應該讓他痛苦得不得了。

就算我不全然知道有「哪些人」，我也想像得到他們對平田說了「什麼話」。

為了治癒他傷透的心，大家應該都打算溫柔地包容他。

我們兩個坐在附近沒有人煙的長椅上。

「所以……你有什麼事？」

我都知道——在平田心中，我要說的話和其他人相同。

只是稍微聽聽的左耳進右耳出的作業。

「我希望你跟我說說你的事。」

「咦？」

平田以為我會拋出同情，於是發出呆愣的聲音。

「你曾經是怎樣的孩子？有怎樣的想法？我想請你告訴我。」

「……為什麼？」

「不知道耶，不知為何就是想知道吧。要是你要求理由，我也很傷腦筋。」

平田沉重地吐氣，緩緩左右搖頭。

「我現在沒有那種餘力回想過去，我沒什麼好告訴你的。」

「為什麼沒有餘力？」

「問我為什麼……這……」

你知道吧？——他這樣看過來。

「為什麼呢？」

我無視這道眼神，再次反問。

「……因為山內同學被退學了。」

我逼他說出他不想說的話。

平田強烈地擁有這份自覺，但還是生氣地說了出口。

「你逼我說出了很過分的話。」

「我單純很疑惑而已。如果讓你不舒服，那我道歉。」

「……沒關係。」

平田彷彿連反駁的力氣都沒有，再度嘆氣。

他駝著背，沒有意義地左右搖頭。

彰顯出希望我放著他不管、希望我別理他。

「山內退學跟你不能談過去的事情，有關聯嗎？」

對於我不氣餒的要求，平田再度露出錯愕的表情。

「現在跟我的過去沒有關聯吧？」

「不會沒有關聯吧？」

平田打算打斷話題，但我緊接著這麼說：

「同學退學確實令人討厭，這點任何人都會這麼覺得。可是，我們沒有閒時間一直後悔這件事，選拔項目考試已經近在眼前，不只是堀北跟櫛田，就連池和須藤都轉換了想法，打算戰鬥，可是你呢？你對山內的退學一直無法忘懷，甚至不打算幫忙——」

我刻意一度停下話語。

接著，刻意彰顯我並非想聊這件事地切換說法：

「我想知道的，是令你形成這種價值觀的事件。」

「問這些有什麼意義？難道我就會說嗎？」

「你會說的，因為現在的你非常渴望自己被人了解。」

其實他很想揭露內心，但就是因為辦不到，所以現在才會變成這樣。

這次我用眼神告訴他——

就像是在威脅他「給我說！」這般強而有力。

平田回望我的眼神，然後心生恐懼。

「輕井澤同學在你的面前呈現出一切的意義——我總算在真正的意義上明白了。那是因為她看見你的眼神……不對，是被你給凝視。被你那片令人恐懼的深沉黑暗……這種眼神給凝視著。」

平田的黑暗也逐漸被我侵蝕。

這男人不是在等待死亡，他每天都希望自己得到救贖。

所以他才會抓住垂下的一縷救贖的黑色絲線。為了從地獄裡爬上來。

「我跟你說過吧……我有個從小就很要好的朋友，國中時那個人變成霸凌對象的事。」

「嗯，他叫杉村吧？」

「真虧你連名字都記得……」

我就是知道這件事，才能預測平田的精神狀態。

平田很想幫助那個朋友，卻害怕自己也變成霸凌的目標。

結果就當個旁觀者度日。

然後——

「我的朋友——跳樓自殺了。」

他應該總算開始回想當時的事情了。

他一點一點地講起。

「雖然命是保住了，但至今仍沒有痊癒，而是一直沉睡著……」

平田合起雙手，然後緊握成拳頭。

「我害他做出了結束生命的行為。這責任之重不會改變。」

「那不只是你的責任，根源在其他人身上。」

「是啊，可是，我認為旁觀者也同罪。」

平田在船上談過這件事。就是因為這樣，他才會想要拯救自己身邊的人們。

事實上，平田也總是率先介入班級的問題。

為了尋找解決問題的線索不遺餘力。

須藤跟別人起糾紛的時候，還有即使是跟惠當假情侶也都是如此。

但只憑這些會有些無法說明的地方。

「我知道你有疑問。」

平田沒有看過來，並這麼說道。

「朋友企圖跳樓自殺，那件事是有後續的呢……」

船上沒說的後續。

「我以為因為他的跳樓自殺，一連串的騷動就會全都結束。心想付出沉重的犧牲，霸凌就會從學校消失，可是不對，我在那個事件之後見識到了人性深不見底的黑暗。」

他的身體顫抖著，眼神裡隱約可見殺意般的情緒。

「新的霸凌目標，這次出現在我的同班同學裡。」

他壓抑情感地吐氣，同時開始自言自語般嘟噥：

「很難以置信啊。才剛發生那麼嚴重的事情，新的霸凌就開始了。有個至今為止都只是旁觀者的人，開始體驗到了同樣的狀況。而且就連目前為止都沒支持過霸凌的同學們也開始霸凌別人。」

霸凌無止盡地產生。

「位階最低的人不在，上面一名的學生當然就會變成最後一名。某種意義上，這就是大自然的法則呢。」

「我認為不能讓那種事情再度上演，認為一定要阻止。」

「於是……你就採取了行動？」

他點點頭，點了兩三下。

「為了不重蹈覆轍，我採用了某種方式。」

平田緩緩抬起頭，正面凝視著我。

「那個啊，說得淺顯易懂一點，就是我是打算靠恐懼支配。」

「你？」

「嗯，我並不像須藤同學和龍園同學那樣，是特別擅長打架的人。可是，因為能夠認真毆打別人的人並沒有那麼多，所以就算我認真揮拳也沒人可以反擊。只有我站上了最高點。我把剩下來的所有學生都擺在最下面，打算藉著這麼做來消除霸凌。假如起糾紛的話，我就會介入其中，對兩邊的人給予等量的制裁並給予痛苦。我跟霸凌者根本就沒兩樣。不過，當時還是有過一段短暫的寂靜。」

平田應該也很清楚這不是正義，是錯誤的吧。

即使如此，他還是不想看見有人被霸凌的世界。

「就結果上來說，我最後好像把一個學年……把學生們都弄壞了吧？大家的笑容都消失了，就只像個沒有情感的機器度過每一天。當時，這件事情在我住的地區算是一個八卦……甚至被當作一起事件呢。」

「結果，校方是怎麼應對的？」

「我覺得是很破例的應對。所有班級都一度強制拆班。以我為首，所有人都被再次編班，然後直到畢業為止，我們都一直受到嚴厲的監視。」

若是這麼有名的事件，當然會廣為人知。

這間學校也不可能沒有察覺到嗎？

不對，或許就是因為知道這個事件，所以才會受理平田入學。

總之，我總算看見他進到D班的理由了。

「你無論如何都無法原諒把山內當作目標攻擊的行為，對吧？」

「嗯……我原本打算只要沒有聽說，就裝作不知道。我想要直到班級投票那天為止都貫徹沉

默。」

結果因為堀北的審判，不需要的人物就被顯現了出來。

「我沒辦法，我果然是無法統籌班級的人。就算使出可施之計，結果也沒辦法保護山內同學……你懂吧，綾小路同學？我已經不行了。我為了保護某人，又打算靠恐懼支配大家。我明知那是個錯誤……」

平田的聲音顫抖著。

他心靈的平衡眼看就要崩潰。

平田認為不論是幸福還是身在谷底，都應該要全班共享。

有人痛苦、缺少某人——他無法忍受這種事情。

他截至目前為止一定每次都重複著自問自答吧。

我不確定他對小美和其他學生坦白到什麼程度。

可是，他們一定都會異口同聲地這麼說才對——

「那是沒辦法的。」

「平田同學沒有任何錯。」

「錯在山內背叛。」

即使說法各有不同，但平田就是正義，除此之外都是邪惡。

只有這個圖示絕對不會改變。

這樣是不可能解決的。

就算向打算保護班上某人的平田指責他想保護的人也沒用。

倒不如說，還會更令他封閉自我。

「我有件事想先說清楚。山內會退學既不是堀北的錯，當然也不是我的責任。你了解這點嗎？」

「……嗯，那沒辦法，我們束手無策。」

「我不會怪你。」他小聲地說。

平田應該會覺得聽起來是我在叮嚀他「這不是我的錯」。

聽起來應該也像是「你可別恨我」。

「你認為山內會從C班、從這間學校離開，是誰的責任？」

「只能想成……是他自身的責任吧。」

這是平田嘴上不願承認，卻還是得出來的結論。

自作自受——山內平時以會被退學也無可奈何的能力度日。這是他的錯。

「不對。」

我予以否認。正面拒絕平田的那個天真想法。

「山內會退學是你的責任，平田。」

「……！」

他抬頭看我。

你在說什麼？——他露出這般無法理解的表情。

「既然你想幫助山內，那你不論如何都必須幫助他。」

「可、可是——我盡了全力——！但是，卻還是束手無策！」

「Ｂ班的一之瀨就沒有讓任何犧牲者出現。」

「那是、那是，但是她的狀況很特別。因為她擁有我們沒有的大量個人點數才辦得到！」

「既然這樣，就是你沒辦法這麼帶領大家的部分有問題。要在這一年像一之瀨那樣存錢也好，只要先做到可以在有人退學時救人就行。」

這樣山內就不會退學，現在班上也會一直留有四十人。

「沒辦法啦，我們一入學就失去班級點數。就算沒有失去，現在我們班上的學生，不是也不可能回應這種事情嗎？」

「班級點數變成零，無法領導大家回應此事，這都是你的責任。」

不管平田再怎麼想逃避，也一樣是他的責任。

「不講理，這太不講理了。」

「嗯，很不講理，但是沒辦法，是你選擇這條路。拯救所有人的幻想，原本是只能收在心裡的事情。這樣不管是誰退學，都不能責怪你。可是，既然你要一直對周圍抱著這種想法，你就要在失敗時扛下所有責任。你必須有如此覺悟。」

「──我、我──！」

「我想錯了。我一直以為你是資優生類型，是聚集多數同學的尊敬，而且擁有高尚人格的人。可是，不是這樣。你只是會誇口說出自己根本辦不到的事，是那種膚淺又無能的學生。這就是你──平田洋介。」

這是鑽牛角尖的極端說法。他絕對不算什麼無能。

平田這個人是優異到讓人不覺得是高一生的學生，是很優秀的人才。

說出想保護同學不是件壞事，而且即使無法達成也並不會產生責任。

即使如此，我還是責怪了平田。

嚴加指責到底。

我施加沉重的壓力，直到他被磨碎為止都死纏爛打地逼他。

這是因為在替平田著想嗎？不對。

是為了讓平田今後變得堅強、能夠保護大家嗎？不對。

他一定保護不了所有人。

某個地方依舊會同樣地出現退學者。

為了在退學者出現時，班級能順利地運作，我們需要平田這個零件。

「你打算作夢到什麼時候？」

他只是無法從義務教育的範圍內踏出任何一步。

高中是憑自己的意志升學，憑自己的意志決定進退的地方。

「這就是、這就是你的……本性嗎？這些話真是恐怖，既毫不留情，而且冰冷……」

平田的右眼溢出淚水。

不久之後，左側也同樣滿溢而出。

「要期望什麼都是你的自由，可是，既然你要期望那些，至少也要戰鬥到最後一刻，除了掙扎到極限為止別無他法。如果在那段過程之中有人退學，你也只能心甘情願地接受。即使如此你也只能繼續前進。」

「這些話……還真殘酷。」

「現在停下腳步的話，周圍的學生就會接連脫隊。就是因為這樣，你才要直到最後都面向前方。你只要一直往前走，等到一切都結束的時候，一定會有很多學生站在你的身後。」

比別人都更往前踏出一步，是非常需要勇氣的事情。

不知何時會出現什麼障礙讓人跌倒。

嗎？」

「可是……既然這樣，我要在哪裡說洩氣話呢……就只有我必須獨自忍耐，繼續往前走

「沒那回事。傷腦筋的時候，依賴其他同學就好。堀北、櫛田都是，即使是須藤和池、小美和篠原也都沒關係。只要跟你想依賴的對象說洩氣話就可以。站在前面或後面都無所謂。」

站在前面的人不能說喪氣話，這種規定不存在。

站在後面的人們，可以對前面快要跌倒的人伸出援手。

同學們應該會拚命地接納平田的洩氣話。

「我……我……這樣的我……可以走在大家前面嗎……？」

「沒問題了，現在的你走在前面也已經沒問題了。」

我拍了一下他的肩膀。

因為這小小的衝擊，平田的眼中又溢出更多淚水。

我把平田一路背著的龐大負擔全部一次清空。

清算。

剛才無法動彈的平田，變得可以撐起身體站起來了。

「謝謝你……謝謝你，綾小路同學……」

平田那張低垂的臉，流出許多淚水。

男人是棘手且麻煩的生物，除了特別的時刻之外不能讓人看見眼淚。

正因如此，我認為他會想要擁有可以讓對方看見眼淚的朋友。

已經不需要言語了。

我只要待在一旁接受這男人的喪氣話就可以了。

這麼一來——他又會開始向前邁進。

2

天亮了，第二天到來。

學年的最後一場特別考試，正式考試正在分秒逼近。

在我來上課的這間教室中沒有平田的身影。小美的表情果然還是有點陰鬱。

大家都把此事趕到腦中一隅，但還是一直擔心著的那個人物——

C班不能沒有的那個男人現身了。

在任何人連看過去都覺得抗拒的現在——

「早、早安……平田同學。」

小美果然比任何人都率先向平田搭話。

她忍著悲傷，以自己的方式竭盡全力擺出笑容。

平田看見她，就與她拉近了距離。

「唔！」

小美的腦海似乎掠過昨天的事，她有一瞬間僵住了身體。

平田見狀，就果斷地低下頭。

「早安，還有昨天很對不起，對妳做出非常過分的事情。」

「……咦？」

平田說出充滿情感的道歉。

「還有，妳總是一直來找我說話，但我卻無視了妳，真的很對不起。」

「怎、怎麼會，那個，我一點都……」

對於狀況顯然不同的平田不知所措的不只是小美，整個班上都是。

「大家也是——早安！」

彷彿昨天為止都是謊言一般，平田掛著如釋重負且爽朗的表情來上學了。

「平、平田同學？」

「我沒事了，已經沒事了。」

他這麼說，同時對小美露出溫柔笑容，然後這次是對所有人低下頭。

「如今道歉或許已經太晚了……但大家不介意的話，我希望從今天開始也讓我繼續為班級貢獻。」

平田沒有抬起頭地說著。

男女生都面面相覷，就這樣無法理解情勢地經過了幾秒。

但是——

「平田同學！」

先是有幾個女生跑到平田身邊，接著又有許多男女也都跟著跑過去。

大家都盼望著平田的歸來，沒有學生會不對此感到高興。

「發生什麼事？」

就這樣在遠處看著，而且無法掌握狀況的堀北來問了我。

「我說過要取決於周圍的努力，對吧？」

「這……是沒錯……但他不是在勉強自己吧？」

「看起來像是那樣嗎？」

「不像呢。」

「每個人恢復的契機都不一樣。即使是大吵一架的隔天，大部分的人也都會再次若無其事地要好起來。」

人際關係的構造就是這樣。

大致上被大家歡迎回歸的平田，將堀北作為最後的說話對象接近過來。

「早安，堀北同學。」

他用直率且澄澈的雙眼盯著堀北。

「嗯、嗯嗯，早安。」

堀北似乎不由得覺得那樣的平田很耀眼，而表現出動搖。

「我不認為上次班級審判的那件事自己有錯。」

「……這樣啊。」

「可是——妳做的也沒有錯。不對，那也是正確選擇之一。」

當時無法接受的事。

平田在自己心中消化過那件事。

「我當時沒有發現這點。」

「你是撞到頭了嗎？你的想法跟昨天好像有相當大的轉變。雖然你感覺也不像是在虛張聲勢……」

平田即使被堀北懷疑，也只有露出了無牽掛的笑容。

「為了重拾失去的信任，我會竭盡全力。我希望妳待會兒把特別考試的細節告訴我。」

「我知道了。那你就要讓我掌握你的狀況，還有測試你是否真能派上用場，沒關係吧？」

「嗯，當然啊。」

平田伸出手，堀北也從正面接下尋求和解的握手。

接下來，平田也再度接連地被同學們搭話。這裡變成了一片明朗、爽朗的空間，讓人無法想像幾分鐘前為止教室都處在漆黑之中。

「總之，這樣總算就能夠迎接特別考試了吧。」

「好像是吧。」

對C班來說，平田的復活可以說是最大的助力吧。

雖然只有高圓寺一個人看來沒有任何改變。

綾小路VS坂柳

經過漫長的準備期，年度最後一場特別考試的日子終於到來了。

敗北班級的指揮塔將會退學。不過，這次實質上是剝奪保護點數。

敗北班級的兩名指揮塔會失去剛拿到的保護點數。

雖然不會有人退學，但重要的應該可以說是班級點數將會大幅變動。

視結果而定，這會是一場所有班級都可能替換的考試。

「昨天我交給你的筆記數據，還有我插嘴說出的那些話，你今天就把那些全都忘掉吧。」

隔壁的堀北在等待朝會的期間找我說話。

「你只要按照你的喜好選擇五個項目並選定成員戰鬥就可以了。」

「如果我擅自指揮而打亂計畫，其他學生不是會無法應對嗎？」

「我沒有跟任何人明確約好出賽項目與出場機會。我告訴他們會根據當天的十個項目與順序，臨機應變地取捨，所以這沒有問題。」

為了讓我可以毫無不便地戰鬥，她似乎做了無微不至的準備。

「不管發生什麼，我都無法負責喔。」

「這次是班級對抗賽。雖然說有指揮塔的干涉，但基本上要求的還是C班的綜合能力。我們對上的對手是坂柳同學率領的A班，是這個年級裡最強的敵人。就算輸了，誰也無法將其視為你的責任。」

我斜眼瞥了堀北一眼，再看看她最後寄來我手機的訊息。

這裡有C班的學生們在這兩個星期挑戰特別考試內容的紀錄。

做了什麼討論，選擇了什麼項目，以及累積了什麼練習。

「我會以最大限度活用你們的努力。」

我在打算離席移動時先留了這一句話給堀北。

「西洋棋被選中的可能性是十分之七，機率絕對不低。」

這幾天我跟堀北反覆比了好幾次西洋棋。

「結果我幾乎沒有贏過手下留情的你呢。」

就結果來說，她贏過我的次數確實屈指可數，但是才剛學會西洋棋的敗北場數，根本就沒有計算的必要。堀北在短短的期間內掌握的西洋棋實力是相當不得了的。

「不管對手是誰，都不會有人比放水的我還要強。妳就先記著這點吧。」

「你還真有自信。」

我結束跟堀北的對話，作為一名指揮塔開始移動。

根據考試的形式，剩下的學生們基本上會在教室待命，並且等待來自多用途教室的指示。發表項目之後，他們就會變換場所或是更衣。因為沒辦法從螢幕之類的得知詳細狀況，因此應該會變成等學生回教室之後再共享情報的形式吧。

1

我踏入特別教學大樓，朝著目的地前進，接著就發現先抵達的坂柳與一之瀨正在閒聊。看來多用途教室似乎還沒開放入場。

「早安，綾小路同學。」

「早，綾小路同學。」

我同時被兩人搭話，便簡單舉手回應。

「好像還不能進去呢。」

「學校說是四人都到齊的時候再知會老師喔。」

應該只是為了徹底公平進行吧。

如果先進到多用途教室的話，也可以接觸到考場的氣氛，先行一步靜下心。既然這是特殊的考試，不管做到什麼程度好像都不會太過火。

「好像只剩下金田了呢。」

「是啊──」

我回過了頭。雖然還沒看見金田的人影，但他再怎麼說都不可能遲到吧。

「話說回來，一之瀨同學還真幸運呢。」

「咦？幸運？」

「現在的D班就跟嬰兒沒什麼兩樣。他們絕對不可能贏過B班，接下來就是B班可以累積幾場勝利的部分而已吧。假如七連勝的話，視A班的結果而定，說不定還可以調換班級呢。」

「怎麼會呢，也不知道結果會怎麼樣。D班應該也會拚命應考，實在無法掉以輕心。」

面對這麼再次下定決心的一之瀨，坂柳覺得很有意思地笑了。

「咦？我有說什麼奇怪的話嗎？」

「沒有，因為這種語氣就像是上位者正在等人挑戰呢。至少我了解到妳並沒有對等地看待D班，真不愧是這一年來都堅守著的B班呢。」

坂柳應該只是稍微使個壞吧，但一之瀨的內心不會被動搖。

「我們也是研究了取勝的戰略才來到這裡。在這場尤其會大大考驗團結能力的考試上，我們不能輕易地輸掉。」

「原來是這樣，真是失禮了。一之瀨同學妳說的確實沒錯。」

我邊聽著兩人的對話，邊盯著窗外。

四月就要到了，今天的天氣非常晴朗。天空一望無際、萬里無雲。

經過了大約五分鐘，差不多必須意識遲到的這時候——

走廊前方總算開始微微傳來步行過來的腳步聲。

「他好像不是遲到，或因為害怕而棄權呢。」

坂柳覺得很有趣地對最後遲來的金田說出這種感想。

一之瀨也重新繃緊神經，想著考試終於就要開始。

我們會跟不久之後過來的金田會合，然後一同進入多用途教室。

我擅自想像了這種畫面。

可是——

卻有個始料未及的人物現身。

那個人物映入我們的眼簾，最為驚訝的就是一之瀨。

雖然坂柳也一樣，但她馬上就愉快地瞇起雙眼。

「……龍園同學？你為什麼……會在這裡……」

一之瀨應該很明顯地有所動搖。

不對，我跟坂柳也都沒設想到這點。

「怎麼啦，妳在動搖什麼？」

刻意把一之瀨的動搖以言語說出來的，就是D班過去的領袖——龍園。

「原來是這樣——我沒有想像到這件事。我原本堅信這次的特別考試，應該是有保護點數的學生才會當指揮塔。」

坂柳搶先理解了狀況。沒錯，這男人的周圍沒有金田的身影。

「這場特別考試沒有指揮塔也無法開始。換句話說，指揮塔不在的話，就只能讓其他某個人代理參加。對吧？」

正式考試當天無法預期的缺席，確實也有可能發生這種不測的情況。

應該是因為考試恐怕存在著同意學生安排一到兩名代理指揮塔的機制。

而敗北時要負起責任的，當然就會是代理的指揮塔。

「就算是這樣，我想都沒有想過呢，龍園同學你居然會出場。」

「也是啦。尤其是一之瀨妳就算當天發燒、受傷，為了不讓其他學生背上退學風險，就算是用爬的也會過來。」

如果輸掉的話，除了保護點數之外，其餘手段都無法防止指揮塔退學。這場特別考試上擁有保護點數者才會成為指揮塔——我們確實都有坂柳所說的這種「絕對的深信」。

一之瀨嚥下口水。

一之瀨在特別考試發表時當然也抱著一定的戒心吧。不過，因為金田在決定對戰班級那時作為指揮塔前來出席，那種可能性也就消失了。

一之瀨的心中應該自作主張地成立了刪除法吧。

她認為這次的特別考試是擁有保護點數的學生的戰鬥。

「作為代理參加，應該會有什麼懲罰吧？」

「嗯，學校不允許我們在項目上派出金田。要說當然，這的確是當然的呢。」

這都有事先列入計畫——龍園回答。

「這是為了讓我嚇一跳嗎？就算是這樣，金田同學不能參加不是很吃虧嗎？」

我沒有詳細了解金田是多厲害的學生，但至少他應該算是D班的戰力。

不惜讓他缺席也要使出奇招的意義——這讓我無意識之間做了思考。

D班是何時決定讓龍園當指揮塔的？如果是打從一開始，那也就是說這都在計畫之內嗎？現在一之瀨的腦中應該非常混亂。

「妳不用那麼警戒啦，我就是所謂的犧牲品。班上輸掉的話，指揮塔就會退學，D班那些人也會名正言順地成功把我趕出去，就只是這樣而已吧。」

「既然這樣，我可以當作你會手下留情嗎？」

「呵呵。好，我會手下留情。所以妳就放心地應考吧。」

龍園輕輕展開雙手營造出歡迎進攻的氛圍，但一之瀨根本就不可能大意。

「不論要使出什麼手段，要贏的時候就是要贏，這不就是你戰鬥的方式嗎？」

「前提是如果我決定要贏呢。」

「那我真希望你別這麼做呢。這樣沒有保護點數的你，就會抱著必死的決心戰鬥——總覺得非常有種不小心立下我們B班會輸掉的旗幟的感覺。」

一之瀨是透過累積基礎，來構築確定、信賴、安全的那類人。應對突發意外的能力一定不是很強。普通對手的話應該是沒關係，但若是龍園就沒辦法了。

不只是一之瀨，這份衝擊大概會立刻遍及B班的所有學生。

所有人勢必會察覺龍園成為指揮塔。

就算沒有察覺，石崎他們也會讓此事眾所皆知。

這麼一來，B班就會像一之瀨那樣藏不住動搖不安。

假如本應隱退的龍園當上指揮塔，就會產生一股不知他會做出什麼指示的恐怖感。

「看來B班跟D班的對決——也會很有意思呢。」

雖然這對一之瀨而言，應該是個笑不出來的發展。

在D班反覆前來死纏爛打地糾纏時，他們就該先採取行動了。

若有察覺到龍園潛藏在背後的跡象，就不會產生這麼大的動搖了吧。

「那麼，大家也都到齊了，走吧？」

我們由坂柳帶頭進入多用途教室後，便發現教室裡建起了第一天沒有的牆壁，室內正好被隔成一半。就臨時湊合使用來說，這道牆很有模有樣，隔音似乎也很不錯。負責一年級的四名教師排成一列，正在待命中。

「請B班與D班的學生移動到那一側。」

兩人隨著真嶋老師的指示往隔壁房間消失身影。茶柱也跟了過去。

負責主持我們A班、C班考試的人，是D班的坂上老師與B班的星之宮老師。

前去各班考試現場的級任導師，好像都要監考自己負責的班級以外。

「五分鐘後開始考試。這段期間先做好心理準備喲。」

星之宮老師給了這種建議，開始跟坂上老師做起類似是最後商量的討論。

考試前，我跟坂柳被留下來獨處的這段短暫時光。

「這一天……這一天終於到來了。老實說我昨晚睡不著，早上還差點睡過頭呢。」

「我可不記得有讓妳等這麼久。說起來我跟妳會相遇也是偶然。」

「你是說，如果你不來這間學校，我們就不會相遇嗎？」

我點頭同意，坂柳就笑著否定這點。

「在這間學校相遇確實只是偶然。不過，我很確定再次相會的那天會到來。這般命運早已確定。」

「命運嗎？妳真是說了一段相當抽象的發言耶。」

「因為我也是個少女呢。」

坂柳說完就笑了出來，她拄著拐杖慢慢靠過來。

「假如你沒有升進這所學校，應該就要再延後三年。我原本很有自信可以把這份期待藏在心裡，不慌不忙地過日子。不過，我現在已經沒辦法了呢。自從知道你就在身邊，我就覺得日子漫長得不得了，要抑制這種想要快點比賽的心情還滿辛苦的，因為我就是這麼夢想著這件事。」

坂柳健談地說著。她終於要實現願望了嗎？

「妳不怕從夢裡醒來嗎？」

只要比賽實現的話，就沒辦法倒轉了。

「夢終究是會醒的。」

她一點都不介意。這似乎只代表今天就是她的夢醒之日。

「雖然……通常都會希望對方手下留情……」

那不是少女的眼神，這眼神呈現出獵人要狩獵獵物般的銳利感。

「還請你全力比賽喲。」

就算我半吊子地應戰，坂柳也不會高興。

我不是為了讓她高興才戰鬥，但她繼續糾纏也會很棘手。

但我對於坂柳能否在這場特別考試上滿足抱持疑問。

坂柳看透我這種想法似的補充：

「要說我的心情不複雜，就會是在騙人了。若要充分發揮彼此的實力，特別考試的內容實在是太不充足了。雖然說是指揮塔，但可以介入的要素也很有限。」

學校也不可能實施指揮塔一人就會決定勝負的那種過度沉重的考試。

「就算這樣，只要能一決勝負，這都很微不足道。」坂柳說。

「話雖這麼說，指揮塔的干涉設定得太強，就會出現其他阻礙。我是覺得也必須顧慮到你，你應該不想讓其他同學知道自己的實力吧？」

這種顧慮實在是很令人感激。如果她在所有項目上都設定成指揮塔會大幅左右勝負的干涉，我就無法充分發揮那些實力了吧。

「好啦——差不多要開始考試了——就坐吧——」

星之宮老師下達了指示，所以我們就隔著器材面對面。

當然看不見對手的表情。電腦顯示出C班成員的臉部照片。

除了我之外，共計是三十八人。這些成員接下來會被分配到選出的項目並且戰鬥。

螢幕接著顯示了我們準備的十個項目。

「我是負責主持特別考試的坂上。那麼，馬上要開始進行年度最後一場特別考試。請各班選擇五個項目，並按下決定的按鈕。」

我選了堀北認為最有可能獲勝的五個項目，毫不猶豫地做出決定。

過了不久A班似乎也選完了，大螢幕上顯示出結果。

C班選擇「弓道」、「籃球」、「桌球」、「打字技能」、「網球」這五個項目。我原本很煩惱要不要丟入一個「猜拳」這種有趣項目，但最後還是決定不要。

英文項目在跟A班重複的當下就刪除了。擅長足球、鋼琴還有游泳的平田和小野寺，也極有可能在對手的項目中派上用場，所以我也略過那些項目。

以這些作為前提，C班採取以運動為主體的戰鬥戰略。

A班選出「西洋棋」、「英文考試」、「現代文考試」、「數學考試」、「快速心算」的五個項目。共計是十個項目。就如葛城透露的那樣，A班優先的三個項目都被放進來了。他接著列出的快速心算與現代文考試也都有排進來。真是完美的解答。

話雖如此，戰局也沒有改變。因為我故意沒將這件事實告訴堀北。

「接著會進行徹底的隨機抽籤，由我方決定七個項目。」

「話說回來，綾小路同學，你的對手竟是坂柳同學，還真可憐。老師都忍不住同情你了。」

「星之宮老師，請妳謹言慎行。」

「好、好的～我私下交談，真對不起～」

她不知為何惹了同樣是教師的坂上老師生氣，然後擺出了反省的姿勢。

「中央的巨型螢幕會顯示出抽籤的結果，請你們看向那邊。」

坂上老師這麼說，催促大家看著螢幕，就切換了畫面。

畫面變成了3D影像，顯示「抽籤中」的文字。

被映出的第一戰是——

「籃球」　　所需人數五人，時間限制二十分鐘（兩節十分鐘）。

規則：比照一般籃球。

指揮塔：可於任意的時間點替補一名球員。

以五比五進行的運動。是我們C班選擇的項目。

總之，這也是絕對不能輸的項目。
「坂上老師，我們學生私下交談不受限制嗎？」
「沒有特別規定，請便。」
「換句話說，要展開舌戰也都隨我們意，對吧？」
她直截了當地確認目的，沒有被坂上老師指出哪裡有問題。
「唔哇——坂柳同學真是毫不留情～」
獲得允許的坂柳會對我不留情地發動攻擊——她應該是這麼想的。
「星之宮老師。」
「好的！對不起！我不會再私下交談了！」
學生可以隨意交談，但老師並不是自由的。星之宮老師每次都惹他生氣。
「就跟我預想的一樣，C班集中了人數少的運動競技呢。雖然因為你們擅長念書的學生少，所以這也難怪。這個籃球項目，須藤同學果然會是關鍵人物吧？他在這間學校裡也是數一數二的籃球員。總覺得憑不充分的戰力，我們不會有勝算呢。」
我聽見了期望唇槍舌戰的坂柳所做出的分析，卻刻意在此陷入沉默。
我想盡量不讓星之宮老師和坂上老師對我留下多餘的印象。
「別說多餘的話——你是受到真正的指揮塔堀北同學這樣命令嗎？」

我不發一語，坂柳就這麼提出。

「如果是這樣的話，不管你打算說什麼，對人選都沒有影響才對。你覺得怎麼樣？」

坂柳也很清楚面對老師，我打算少說點話。

「堀北叮嚀了我別多嘴。說是貿然說話，就只會中妳的計，然後被反將一軍。」

「呵呵，不行喔，綾小路同學。你在這個當下就已經讓我領先了一分呢。你應該徹底隱瞞在暗中操縱你的人物是誰。如果你供出就是堀北同學，那我也可以從她的個性和行為模式進行推測。」

「沒有，這……我也不一定就是從堀北那裡接受指示的吧？」

「你剛才不就自己說出來了嗎？說你是從堀北同學那裡接受指示。」

「哎呀——」星之宮老師望向嘻嘻笑的坂柳，扶著額頭不由得這麼出聲。

坂上看見我輕易被人引出情報的模樣，也傻眼地搖了搖頭。

「沒有，我……只有說是被堀北叮嚀……指示說不定是別人給的。」

「說不定？就算要撒謊，不明確地斷言另有其人是不行的喲。」

坂柳看穿我，而我又雪中送炭給敵人的狀況——

光是這些互動，坂柳與我的壓倒性能力差距就傳達過去了吧。

我們從騙過在場兩名教師的狀況中開始特別考試。

「這種事有意義嗎？我們班上仔細思考了妳會怎麼想而來參加考試。就算妳發現這全是堀北想的作戰，我們也只是處於對等狀態。」

「哎呀呀，結果你還將錯就錯地承認呢。不過，我又是什麼時候開始負責決定所有的作戰了？就跟你一樣，我的背後也有我們班級人數那麼多的腦袋。你無法想像我們做過各種模擬才來參加比賽嗎？」

「這──」

被允許舌戰後的幾十秒。

看不下去的坂上老師開始主持考試。

「計時正在進行中。雖然我說私下交談是自由的，但請別疏忽手邊的動作。」

我的精神狀態當然絲毫沒有被影響。

擔心的就只有老師們，這對我還有坂柳而言，不過就是閒聊而已。

因為選完了雙方的球員，於是進行籃球項目的學生也同時被發表了出來。

我們的球員是以王牌「牧田進」為首，還有「南節也」、「池寬治」、「本堂遼太郎」、「小野寺加也乃」的這五個人。這個布陣中沒有須藤，而且還投入一名女生，王牌則是牧田。聽須藤說，如果他有在籃球社練習，那本事也算是綽綽有餘。小野寺原本的專長是游泳，但籃球的本領好像也不算太弱，他似乎判斷與其任用半吊子、沒經驗的男生，還不如任用小野寺，隊伍才會運作得更加順暢。對照之下，A班則是「町田浩二」、「鳥羽茂」、「神室真澄」、「清水直樹」、「鬼頭隼」這五個人。同樣摻雜了一名女生。

如果是以平田、惠，還有櫛田的情報為基礎分析，這些成員是要取勝的。

我看不太清楚站在A班那一側的坂上老師的表情，但站在我身旁星之宮老師的表情就清楚可見。我馬上就知道她對我選擇的指揮抱持疑問。

一般認為絕對會放入籃球比賽的須藤健不在其中。

這當然不是我決定的，而是堀北他們C班全體討論後所決定的作戰。

不過，這種程度的作戰，坂柳當然都看穿了。

「這是刻意不派出他，來瞄準勝利的作戰呢。若是須藤同學的運動神經，就算他也擅長桌球或網球都不足為奇。一切都如我所料。」

從一開始就先投入須藤，C班才能萬無一失地招來確實的勝利。另一方面，基本上A班應該很不樂見籃球被選上。因為他們在看見籃球項目的瞬間，心裡應該就會想像到須藤。如果跟須藤率領的C班隊伍正面衝突，勝率就會大幅地降低。

這麼一來，A班就會希望避免貿然投入擅長運動的學生。

反之，要是我們用掉須藤這張牌，A班在面對C班上也會出現占優勢的情況。

考慮到這種狀況，我們C班刻意採用避免投入須藤的方針。他是可以在之後其餘運動項目上發光發熱的寶貴戰力，如果可以保留的話，就會希望保留。

之後在網球或桌球被選上時，我們能否利用須藤也是個重要的要素。

但看見A班的球員陣容，我就發現這種膚淺的想法似乎已經被她識破了。

「對了，指揮塔的干涉『可於任意的時間點替補一名球員』，這是誰決定的呢？這也是堀北同學想的嗎？目的很顯而易見喲。」

「抱歉，我不能回答。」

「這樣呀，如果你不能回答，那也沒辦法了呢。」

螢幕的另一端開始迅速地做準備。過了不久，比賽就開始了。

我們在這段期間只能守望著發展。

唯一能夠做的，就只有根據狀況替補一名學生。

但是，那一步也可能會明確地分出勝負。

籃球賽隨著哨音開始進行。十分鐘的緊張比賽開打。

雖然C班少了須藤，但比賽初局發展幾乎不相上下。

是一場拿下兩分後就被拿走兩分的勢均力敵比賽。

老師們也被不知哪方會贏的比賽奪走目光。

被交付籃球項目的牧田，他的很動作不錯。雖然遠遠不及須藤，但比普通人更擅長運動的牧田，現在充分地履行著王牌般的職責。另一方面，A班則是鬼頭處在王牌位置，並且與牧田展開了難分軒輊的比賽。

比賽時間耗掉上半場之後，結果是十二比十一，差距一分。

這種發展是C班只領先了一分。

「真是場有趣的比賽呢。」

坂柳這麼透露感想。後半場比賽，哪方會勝出還很難說。

比賽會隔四分鐘的中場休息再開始。坂柳沒有動作。雖說是被我們領先一分的狀態，但她應該看準會勢均力敵，所以正在觀察情況。但是，我還是在這時毫不猶豫地把手伸向鍵盤。因為我決定在此投入須藤，讓他替補池。

比賽發展乍看之下確實是旗鼓相當，看起來不知勝負將倒向哪一方。

這十分鐘都持續著讓人會對於是否投入須藤產生猶豫的發展。

「呵呵。」

坂柳傳來輕柔的笑聲。她好像不可能讓我們保留須藤。

須藤在螢幕的另一端做好暖身運動，然後前來出場。

就算對我在這邊派他上場有疑問也不奇怪，但是他的表情本身很認真。

看來須藤也理所當然般地感受到了跟我一樣的東西嗎？

「勝負仍不相上下，不對，C班還稍微領先了。時機應該還早吧？」

「因為我認為應該要把勝利確實地弄到手。」

「這是很重要的第一戰，我很了解你的心情。畢竟之後網球或桌球也沒有任何保證就會被選上呢。如果沒有可以有效利用須藤同學的項目，就會沒有保留的意義。」

「妳那邊不替換球員也沒關係嗎？」

「沒必要，因為我們從一開始就是以要取勝的布陣來挑戰。」

原本盯緊牧田的鬼頭把目標切換成須藤。

須藤應該從一開始就在其他教室看著比賽的情況。

他應該已經了解實力的差距。

四分鐘的休息結束後，後半場比賽就開始了。

纏著須藤的鬼頭，他的動作比剛才還靈活了兩倍。

『你這傢伙……你果然放水了吧！』

隔著螢幕傳來了須藤激動的聲音。

須藤從一開始就知道A班在為了引出自己而放水。

只是，他們究竟保留多少實力，須藤不比比看也不會知道。

鬼頭猛烈地纏著他，但須藤還是技高一籌。

他閃躲防禦，殺入了敵營。

A班的學生們不讓他這麼做，於是拚命地纏著須藤率領的C班。

就算須藤的表現最突出，其餘球員好像仍是A班那方較為靈活。

十七比十三，分數差距拉開了。但對手的動作何止亂掉，甚至還漸漸變得敏捷。

『喂，鬼頭，你有打過籃球吧！』

『沒有——你只是正在被一群外行人逼入絕境。』

『騙誰啊！』

『我有必要說謊嗎？我跟我的夥伴只有練習這個星期不到的時間。你對籃球好像很有自信，但這也就代表你的程度不怎麼樣。』

『你這傢伙！』

因為沒有加油聲，所以雖然音量很微弱，但須藤跟鬼頭的對話還是都透過螢幕傳了過來。

須藤受到面對外行人還陷入苦戰的刺激，表現開始稍微地失去了活力。

「呵呵，那是騙人的呢。鬼頭同學打過籃球。」

刺激須藤也是坂柳的指示，大概就是那種戰略了吧。

「像那樣在精神上讓人動搖，須藤同學就會崩潰。就算他個人技術再怎麼優異，如果心靈不成熟，就會產生破綻讓人趁虛而入。」

鬼頭這名學生很會打籃球。坂柳的目的是刻意讓鬼頭保留實力，藉由跟C班上演勢均力敵的比賽，來延後我們派出須藤，接著再逆轉並徹底獲勝。

就算那項計畫沒有成功，他們還是著手執行刺激須藤、打亂專注力的作戰，藉此瞄準勝利。

坂柳頑強的戰略，可說是漂亮地扎入了C班。

「馬上就會追上嘍。」

鬼頭把球投進籃框。十七比十五。A班緊追上來。

須藤精神上的混亂，確實會產生接近勢均力敵的發展。

不過——

「你說須藤的心靈不成熟，是什麼時候的資訊？」

「這話的意思是？」

須藤這一年展現了大幅成長。精神力不是那點程度就會崩潰的。堀北即使看見比賽中帥氣的須藤，也一定不會稱讚他。須藤要帶領隊伍取勝，她才會給他帥氣的好評。

『喝啊！』

『唔！』

雖然語氣本身很粗魯，但他表現中的纖細感甦醒了過來。任何人都漸漸無法阻止甩開鬼頭，又渾身充滿可怕氣息前往籃框的須藤。他甚至還豪爽地灌了籃。C班漸漸把差距拉開。

『嘿……雖然剛才火氣有點上來……但憑你是贏不了我的。』

雖然說鬼頭也很會打，可是恢復冷靜的須藤更勝好幾籌。

「原來是這樣，他也成長了嗎？」

後來須藤的心思直到最後都沒有亂掉，而且完美地帶領了隊伍。

不久便迎接了比賽結束的哨音。

『好耶——！我辦到了，鈴音——！』

須藤擺出勝利姿勢，彷彿這是籃球大賽般地興奮著。

這場勝利，他可以說是立下了值得自己萬分欣喜的特殊功績。

「我還以為可能有機會，他的本領似乎果然很出眾呢。」

即使加入須藤，他們似乎也打算認真取勝。

結果是二十四比十六。第一戰漂亮地以我們的勝利落幕。

「想不到C班會先贏，輸贏真是難以預測呢——」

星之宮老師就像是在自言自語，她佩服地嘟噥道。

雖然說是贏了，但這場考試卻花掉了我們這邊的好牌。

因為引進了須藤，所以這個項目就會有義務「一定要贏」。

2

第二場比賽開始決定項目。抽籤得出的結果是——

「打字技能」　　所需人數一人，時間三十分鐘。

規則：打字技能會在「單字」、「短篇文章」、「長篇文章」這三個科目上比賽速度與正確性。

指揮塔：可以告訴參賽者在考試中發現的一處失誤。

又是我們C班挑的項目。比賽人數是一對一。

籤運似乎偏向我們這邊。

這是我們C班裡擅長電腦相關知識的博士所建議的項目。

事實上，博士在C班裡似乎也擁有無人能敵的打字速度。從全國平均來看，他的速度也無庸置疑。只不過，這也不是沒有讓人擔憂的地方，那就是調查A班有多少學生擁有打字技術，或是擁有多少能耐的方法太少。這個項目只能完全相信博士的本領，但會採用也是有理由的。

「C班也選了很有意思的項目呢。乍看之下像是遊戲，但打字技能在IT社會中是基本能力，也可以說是不可或缺的。學校會採用應該也是很自然的發展。」

基本上讀書層面是A班占優勢。

堀北應該是想要選擇不會被那種東西影響的技能比賽。

「任何人都有一兩樣擅長的事情，不過一旦要靠那件擅長的事情比賽，要問是不是絕對會比任何人都優秀，大致上也很難講。你們應該有人對打字技能很有自信吧。」

就跟我們把擅長游泳的小野寺排到籃球上一樣，其他提出可以在一對一上獲勝的大部分學生，大致上都有可能在其他項目拿下榮譽。反之，把博士這種只擅長做一件事的學生用在一對一，進行後面的項目才會比較有利。

而我當然選擇了博士……外村秀雄。

另一方面，坂柳則任用吉田健太。我這邊的情報可以說是少到完全沒有。

我們對這場考試的指揮塔干涉要素，有盡量加上抑制。

作戰就是要徹底不讓坂柳干涉地戰鬥。

判定方式會以學校準備的電腦程式進行。

其結果——

「C班外村秀雄，九十分。A班吉田健太，八十三分。C班的勝利。」

我們結束了項目，坂上老師接著報告計分。

只有七分的差距。

雖然聽見結果還是會感受到一股強烈寒意，但就算是高個一分，也一樣算是贏了。

「還差一點嗎？真是不簡單呢。」

這是A班接連敗北的意外發展，但這在某種意義上也沒辦法。

因為兩個項目都是從C班選出來的，坂柳幾乎無計可施。

3

就這樣，C班接連地意外獲得兩勝。

到這邊是堀北的戰略、想法，以及運氣都有完美契合的狀態。

剩下的項目有八個。要是C班的項目可以就這樣繼續被選中，就太令人感激了……

「英文考試」　所需人數八人，時間五十分鐘。

規則：回答一年度學習範圍內的題目，比合計分數。

指揮塔：可代為回答一題。

第三個項目，是我們知道遲早都會到來的筆試。

這場特別考試的關鍵，就在於如何在對手選擇的項目上獲勝。

若在此取勝，將會比勝負更有利。

我以小美為首，集中了一群擅長英文的學生進行編隊。話雖如此，不能用掉堀北或啟誠之類的手牌，還真令人焦急。既然筆試多達英文、數學以及現代文這三項，要分配擁有學力的有限學生就會很困難。

如果有兩個筆試項目的情況——堀北的筆記上寫著此時的戰略有兩種。

為了拿下兩勝，就要均衡地運用學生，或者是刻意捨棄一邊，把人力都押在另一方。

坂柳立刻決定好八個人，對照之下，我就想得比較久一點。

「這是你第一次長時間思考。看來堀北同學的指示不只一個呢。」

無法保證數學考試之後會被選上，也不保證我們可以獲勝。

不過，C班也伴隨著比較不擅長英文這個令人著急的部分。

換句話說，這裡能採取的戰略就是「均衡戰」或「捨棄」。

「你要捨棄英文嗎？還是說……要以總戰力比賽？」

坂柳無法抑制興奮地詢問。

我不是害怕在這裡輸掉。

「我知道你在想什麼喲。你害怕我們A班看穿C班會捨棄英文，結果也保留戰力吧？畢竟如果A班以保守的成員戰鬥，C班應該也會有勝算。你不能輕易地選擇捨棄，對吧？」

我稍微考慮之後，結果是決定捨棄這個英文考試。

「就世界上的傾向來說，女生似乎在許多科目上比男生還要擅長，成績比較高分，而這場英文也是其中一種。雖然這當然只是傾向，供你參考。」

坂柳在我打算決定成員時說了這種話。

她的目的是對我灌輸我多餘情報，施加壓力。

不論如何，A班都不希望在英文上輸掉。應該會以強力的成員上場。

雙方都挑完成員，所以螢幕上便顯示了出來。

C班是「沖谷京介」、「南伯夫」、「輕井澤惠」、「佐藤麻耶」、「篠原皐月」、「井之頭心」、「園田千代」、「市橋琉璃」這八個人。我消除了感覺在今後的項目中也不會有機會出場的學生。

A班是「里中聰」、「杉尾大」、「塚地志保里」、「谷原真緒」、「元土肥千佳子」、「福山忍」、「六角百惠」、「中島理子」這八個人。雖然不是最好的人選，也依然是很穩妥的陣容。她像是要反映自己有採用剛才說的傾向，女生多達六人。

「你考慮到以後，好像採用捨棄這場英文的作戰呢。還算得上是正確答案。」

C班的學力果然被她詳細掌握了——當成這樣似乎會比較好。

雖說有干涉一題的空間，但這場比賽我也只能守望他們

學生們的答案卷，設定成可以即時切換觀看。

我透過干涉，傳達可能會有很多學生解不開的題目答案。

話雖如此，這樣能帶來的影響也很微小。只會影響幾分而已。

後來馬上就開始各自計分，考試的結果不久後就出爐了。

八個人的合計分數直接成了對決的數字。

「C班共計四百四十三分，A班六百五十一分。因此，A班獲勝。」

果然是這種產生壓倒性大幅差距的形式。

「我們的平均分數大約是八十一分，如果C班設下總戰力，也有可能會撿到勝利。」

她自己說我們有機可乘，但這也不是那麼單純的事情。

應該最好別有「這可能是我們錯失的一勝」這種想法。

坂柳不怕三連敗，並保存一部分學生的膽量，除了出色之外，沒有其他話可以形容。

我們奉上第一場勝利也是眨眼間的事情，第四場比賽馬上就開始抽籤了。

「數學考試」　所需人數七人，時間五十分鐘。

規則：回答一年度學習範圍內的題目，比合計分數。

指揮塔：可代為回答一題。

接續英文考試，結果變成是連續的筆試。

「你們保留戰力發揮作用了呢，我們會派出所有的戰力喲，還是說——你要把戰力留到現代文？」

這裡我不考慮現代文，而是投入了C班擁有的一切學力。

「剛才我說過女生有考高分的傾向，但數學就相反了，男生似乎比女生還要優秀喲，很有意思吧？」

不管她教唆了什麼，我們的成員都不會因而改變。

「平田洋介」、「幸村輝彥」、「石倉賀代子」、「王美雨」、「東咲菜」、「櫛田桔梗」、「西村龍子」這七人——這些人是C班可以使出的最佳牌組，我沒辦法派上堀北和高圓寺。對照之下，A班則是「的場信二」、「鳥崎一慶」、「森重卓郎」、「司城大河」、「石田優介」、「山村美紀」、「西川亮子」這些以男生為中心的七個人，是跟剛才實力同等，或是比他們更厲害的一群高學力學生。雖然這是總戰力，但堀北跟高圓寺還是沒有包含在內。過了不久就開始進行數學考試了。跟剛才完全不行的英文不一樣，以幸村輝彥——總之，就是以啟誠為首，大家都接連答出了幾乎沒有失誤的答案。

雖然這些成員中可能會考最低分的西村有戴上對講機，但還是不能太期待那種一題就會左右結果的發展。想到坂柳也毫無例外地會給出正確答案，指揮塔提供的正確答案也可說是最低條件。

筆試結束，老師們立刻計算分數。

如果我們能拿下A班選的這場數學，機會就會變大。

應該就能以距離勝利只差一步的狀態挑戰第五場比賽。

「那麼我要公布數學考試的結果。C班是——六百三十一分。」

每個學生平均考出九十分，這是相當令人滿意的結果。

可是，題目的難度沒那麼高，是個讓人擔憂的要素。

「接著是A班的結果……六百五十五分。A班獲勝。」

坂上老師報告合計分數，這變成是不足二十四分，微小差距的敗仗。

「真危險，C班的各位也相當努力念書呢。如果投入堀北同學和高圓寺同學，你們不是就能贏了嗎？」

「……或許吧。」

拿不下這場數學是很遺憾的結果。假如放入堀北和高圓寺也會有獲勝的可能性。不過，這件事並沒有保證。

但作為現實，如果接下來出現代文考試，我們就會半自動地嚐到敗北。

C班已經沒有學生擁有可以超越A班總分的學力。

這下子就是兩勝兩敗了。變成是我們吐出領先，並且回到平局的發展。

4

進行了第五場比賽的抽籤。

「快速心算」　所需人數兩人，時間三十分鐘。

規則：利用珠心算較量正確性以及速度，拿下第一名的學生班級獲勝。

指揮塔：可變更任何一題的答案。

連續三場都是A班挑的項目。

這種發展原本很不利，不過這個項目例外。啟誠在這個瞬間一定有種想要手舞足蹈的心情。這是葛城答應要放水的項目。

不過，要高興還太早了。葛城沒有出場的話，就會以一絲幻想作結。

「這也是A班的項目，是我們絕對不能落敗的比賽。」

我遵從堀北擬定的戰略，投入「高圓寺六助」、「松下千秋」。

戴上對講機的學生是松下。就算給高圓寺戴上對講機，也不保證他會聽從指示。

堀北考慮把高圓寺配到這個快速心算應該就是正確答案。這個項目的規則不是在比總分，而是第一名的學生的班級獲勝。如果高圓寺可以回應期待，而且願意採取行動，那我們也有可能意外獲勝。萬一高圓寺不認真考試，松下也可以補足這點。松下的腦筋也轉得快，她原本就有被安排要用在數學考試和快速心算上。從即使在數學上派出松下，我們也沒有勝算來看，這點也可以說是幫上了忙。

坂柳挑出的學生是「葛城康平」與「田宮江美」。

根據葛城自己洩漏的情報，田宮的能力好像沒麼好。

就像是要證明這點，對講機是給葛城戴著。

「總共十題。題目越後面越難，但配分也會變高。只有出現同分第一名的狀況，才會舉行延長賽，直到某一方答錯為止。」

視聽室的螢幕接下來會播出數字。

指揮塔能干涉的只有一題，幾乎必然會是回答後面的題目。

明明接下來就要開始快速心算了，但高圓寺卻雙手抱胸、閉著眼睛。

「……事與願違嗎？」

考試開始後，那種態度也沒有改變。

螢幕上顯示出「一位數、三個數字、五秒」的標題。這是十級的難度。

六、九、一。答案是十六。

任何人似乎都解得開的第一題結束了，學生們把答案寫進考卷。

松下輕鬆地答對了題目，很有問題的高圓寺則是交了白卷。他連題目都沒有在看，所以這也理所當然。

這裡可能會變成要去期待葛城可以按照事前約定答錯題目的發展。

「呵呵，他果然是個怪人呢。」

就算坂柳看不見高圓寺的答案，但從他的樣子就知道連作答都沒在進行。

「不過，真正的主力應該是松下同學，所以也沒那麼大的問題吧？」

題目在她這麼說著的期間也持續進行下去。

到第三題、第四題之後，考題也變成了二位數，而且還超過六個數字。

松下還沒有感到不知所措，她正確地持續答題。

這樣的快速心算題目，從過半的第五題開始難度就提昇了。

第五題是三位數、六個數字、五秒。第六題又更多了，是三位數、八個數字、五秒。

松下抱頭煩惱，同時在腦中拚命地計算。

她絞盡腦汁擠出的答案，到第六題為止全都正確。她設法緊追了上去。

但也就只有到此為止。接下來的第七題是三位數、十二個數字、四點五秒。第八題是三位數、十五個數字、三點五秒。

到第九題甚至是三位數、十五個數字、二點五秒。

「不、不對不對，這種題目根本就沒辦法做吧～！」

我也明白跟學生一樣都看著題目的星之宮老師會想要抱頭煩惱。

「難度好像有點太高了呢……」

同意這點的坂上老師也沒看出答案。

松下目前為止的答案——到第六題為止都正確。很遺憾的是，從第七題開始全都答錯了。至於高圓寺，他九個題目全部空白。就算答對最後的題目，也都進入了束手無策的領域。

我當然有記住九個題目所有的答案。坂柳應該也一樣吧。

指揮塔有權利變更一題答案。假如指揮塔解不開第十題，那就變更第九題；解不開第九題，那就變更第八題，將會是這種把答案更正的流程。

葛城能從什麼程度開始答錯，這部分也會大大改變勝敗。

最後第十題的快速心算開始了。

三位數、十五個數字、一點六秒的標題顯示了出來。

瞬間閃現又消失的數字反覆了十五回。

四周瞬間鴉雀無聲。

葛城、松下還有田宮，當然都目瞪口呆地擱置了題目，連握筆都沒有辦法。

坂柳發出指揮塔干涉的信號。我當然也接著她發出了信號。

「呃——……那麼，請指揮塔對一題做出指示。題目越後面，得分就會越高。」

我該回答的當然是——最後的第十題。

松下乖乖地服從自己從對講機上聽見的數字，並寫到答案上。

她自己不知道答案，所以也沒有餘力懷疑。

『呵呵呵。快速心算是個滿有趣的遊戲呢，我可是第一次玩。』

我跟坂柳都沒再去意識高圓寺，但他不知何時睜開了眼。

高圓寺覺得很有意思地笑著，朝我們看著的監視器望過來。

「你是告訴她第幾題？答案是什麼？我答了第十題，七千六百一十九。」

我告訴松下的答案是——

「我也一樣。」

看來坂柳也看見了最後的題目。

「指揮塔的干涉上是不分軒輊。換句話說，結果就會是葛城同學與松下同學的單挑呢。」

所有人的答案卷都被回收的情況下，十題全都交出白卷的男人開口道：

『最後一題的答案是七千六百一十九，對吧？』

「哎呀呀——真教人驚訝呢。答案正確喲，高圓寺同學。」

坂柳對於高圓寺的解答送上了覺得精彩的稱讚掌聲。

老師們則趕緊合計了四人的解答。

假如葛城答對了第七題到第九題的哪一題，就會是我們敗北。

反過來說，如果正確答案不到六題，就會是我們的勝利。

「合計的結果——第一名是在十題之中答對八題，拿下最高分的葛城康平。A班勝利。」

本以為會意外獲勝，而且在此占優勢的第五戰，結果是葛城贏得了這場勝利。

隨著坂上老師的宣言，第五戰也宣告了結束。

「真遺憾呀，綾小路同學。」

「我們拉攏葛城失敗了嗎？」

「他確實毫無疑問地對我懷有恨意，在這裡趁虛而入是沒有錯的。不過，難道我就會輕易漏看這種弱點嗎？」

就算看不見坂柳的模樣，我也知道她正在笑。

「我預先告訴了他。告訴他——假如他做出背叛的行為，我就會隨意讓幾位打算在A班拚命努力的學生退學。你別看他那樣，他可是很替夥伴著想的。他不會接受為了消除仇恨而增加犧牲者。」

坂柳與葛城的交情遠比我還久。

葛城好的部分、不好的部分，她都確實地了解。

「以為會獲勝之後嚐到的敗北，精神上受到的打擊也比較大。你對最後一戰不會不放心嗎？」

「不知道耶。」

「不僅僅是葛城同學不是你們C班夥伴的這件事。要是高圓寺同學從一開始就認真應考，那他也有可能完美作答。總之，這場考試你們說不定就會贏了喲。」

「那都是於事無補的事後假設。無法完全控制的力量，不應該算作是力量。」

就跟沒學力、體育能力、專長的學生不會被算入戰力一樣，無法認真的學生也不會是戰力。

兩邊是看似不同，實則相同的東西——至少在這場考試上。

我們這邊沒辦法說服到刺激高圓寺行動，當然也有問題。

這下子就是兩勝三敗。我們C班被逼到了懸崖邊緣。

「這場特別考試再兩個項目就會結束了呢。實在是很遺憾。」

真想再多享受這段時光——我聽見坂柳這樣的嘆息。

「事到如今，幾勝或幾敗感覺都像是細枝末節的事情。」

「既然這樣，我還真希望妳把勝利讓給我們耶。」

「很遺憾，這可不行。這可是很認真的比賽呢。」

第六回的比賽抽籤，經由坂上老師的主持開始進行。

若這裡也抽中了A班的項目，我們的敗北就無可避免。

B班VS D班

當A班和C班在進行第三戰的數學考試計分時——

B班對上D班的第四戰，已經要分出勝負了。

「合計的結果——是B班六百零一分，D班四百零九分。第四場比賽是B班的勝利。」

一之瀨聽見真嶋發表的結果，便安心地吐氣。

正因為這是B班挑選的學力考試項目，所以也是絕對不能輸掉的一場比賽。

「很幸運嘛，一之瀨。這要歸功於B班的項目能夠接連地被選上呢。」

「……是啊。」

獲勝的一之瀨顯得很不從容，輸掉的龍園則不見焦急。

這也當然。雖然四個項目內，已經從B班裡選出了三個項目，但目前四場比賽的結果卻是D班兩勝、B班兩勝——這般出人意表的狀況。在第三戰B班所選的「化學考試」輸掉，帶給他們很大的影響。敗北的理由很明確。

「老師……肚子痛的學生都已經從廁所回來了嗎？」

面對這麼確認的一之瀨，真嶋聯絡確認B班的狀況。

「沒有，還有兩個人還沒從廁所回來。現在也有好幾個人說身體不適。」

「這樣啊……」

輸掉化學考試的原因，就是B班主力的身體狀況突如其來不良。

不僅如此，有部分的學生在考前一天和D班起爭執，這也帶來了影響。

就算向校方投訴也完全被當作是口頭爭執，兩班都被視為無罪而赦免了。

這些惡質的行為，毫無疑問都是出自坐在對面那側的龍園。

為了讓自己再次冷靜下來，一之瀨反覆地深呼吸。

「呼——……沒問題、沒問題。」

B班還沒讓對方領先。一之瀨因為化學考試的敗北而有失冷靜，慢慢地恢復成平時的自己。

雖然確實不斷發生麻煩事，但就算對方是龍園，他除了指揮塔的干涉之外，也是什麼都辦不到。

只要這邊繼續腳踏實地戰鬥，就不會輸了。

她努力恢復這份信心。

「喂，老師們，趕快開始第五場比賽啊，B班那群人就連考試當天都無法管理身體狀況。你們可別為了這群天真的人妥協啊。」

「注意你的發言，龍園。」

茶柱勸戒了講話沒大沒小的龍園，但他似乎沒有放在心上。

倒不如說，他還越來越放肆地繼續說下去：

「我是不知道他們是去廁所還是怎樣，但他們也可以利用這段時間研究作戰吧？同時出現生理現象，還真是件奇怪的事。妳是有什麼詭計嗎，一之瀨？」

「我、我什麼也……」

龍園對於多人同時表示身體不適拋出疑問。

雖然一之瀨知道絕對沒有不法的行為，但她對此也沒有反駁的空間。

「總之，趕快進行吧，老師。」

龍園笑著對茶柱投以確認的眼神。

「這點龍園說得確實沒錯。真嶋老師，請進行第五回合的比賽。」

真嶋開始抽籤。

「空手道」　　所需人數三人，所需時間十分鐘。

規則：一場三分鐘，禁止直接擊打對手，採淘汰賽規則。

指揮塔：可以重比任何一場對戰。

「好啦，這次是我們D班的項目，誰都好，挑妳喜歡的人選上來打吧。」

龍園選擇「鈴木英俊」、「小田拓海」、「石崎大地」這三個人。指揮塔的干涉也極為巧妙，他們選擇萬一因為不測事態敗北，也可以讓選手再次比賽的手段。

另一方面一之瀨則選擇「墨田誠」、「渡邊紀仁」、「米津春斗」這三個人。自從空手道的項目發表出來，一之瀨讓他們練習了一個星期，可是光要記下規則就讓人應付不過來了。

結果，B班輕易地連輸兩場。就算執行了指揮塔的干涉，結果也會一樣。

第五場比賽在至今都不曾有過的短暫時間內分出了勝負。

這下子B班就沒有退路了。要是接下來的第六個項目輸掉的話，就會確定敗北。

「很有意思對吧，一之瀨？」

在等待機械判定的期間，龍園向話很少的一之瀨搭話：

「在特別考試發表，然後決定要跟D班比賽的時候，你們應該有感受到絕對性的優勢。不過，考試開始之後，你們居然只能向上天祈禱呢。呵呵。」

一之瀨的作戰絕對不算天真。

如果單純地跟D班碰撞，也是有可能拿下本應弄到的一勝，然後三勝兩敗。

他們因為突如其來的意外而亂了步調。

如果不能在這裡抽到自己的項目大概就沒有勝算了。

接著——被選中的第六個項目。

「柔道」　所需人數一人，比賽時間四分鐘（最多三場、十二分鐘）。

規則：比照一般的柔道。

指揮塔：可以讓比賽結果無效，讓比賽重來一次。

對B班來說，他們最不擅長的一對一項目被選上了。

這時，一之瀨第一次體驗到了眼前發黑的感覺。

「呵、呵呵，柔道、柔道嗎？竟然偏偏選來了這一項，真走運呢，一之瀨。」

「怎麼會這樣……」

「如果剩下的全是B班的項目，妳也還有希望勝利呢。」

龍園毫不遲疑地選擇「山田阿爾伯特」。

這就跟剛才的指揮塔干涉一樣，也附上了幾乎不可能敗北的保險措施。

「就算對象是阿爾伯特，妳也別放在心上，輸贏是要看當下的運氣，不試試看可不會知道喔。」

結果非常顯而易見。要贏過體格與本事都差距懸殊的對手極為困難。

這是B班認為無論如何都贏不了而放棄的項目。這次需要的是一個人。她只有三十秒的時間選擇學生。一之瀨已經連指名他人這個選擇都無法執行了。計時無情地流逝，過了不久就來到零秒。沒時間時規定會隨機挑選出學生，但考慮到項目的對戰對象的危險性，而被下達了判定。

「這個項目是B班不戰而敗，D班第四場勝利，確定贏得這場特別考試。」

帶有真嶋溫柔的宣言，讓B班與D班的勝負很快就決定了下來。

1

在此回溯到特別考試發表日。

石崎獨自追上要去吃午餐的龍園。雖然D班決定讓金田擔任指揮塔，但後來在項目的決定上卻難以進展。

這也是因為D班沒有半個人可以提出新穎的點子。

理所當然的項目、理所當然的規則、理所當然的戰鬥方式。

同學提出的意見，只有任何人都想得到的單純發展。

這麼一來，不管要和哪一個班級戰鬥，無論如何都看不見勝算。

理所當然的項目——也就代表是很「基本」的內容。

就D班目前的意見所得出的結論——從戰力強度去看，A班是應該要迴避的班級。而B班是應該跟A班同樣提防，或是需要更加提防的班級。

於是這時就會自然而然地浮現出與C班的對決，但對此喊停的那個人就是石崎。

「那個——可以耽誤一下嗎，龍園同學？」

石崎雖然心裡懼怕，但確認周圍沒有一年級學生之後，就這麼向他搭話。

「啊？」

只是被龍園瞪了一下，石崎就變得像是被蛇盯上的青蛙。

不過，他還是拚命地開口：

「拜託你——請你借我一些時間！」

「你現在變得很高高在上的嘛。」

「沒、沒有，並不是這樣……！」

「呵呵，好吧。因為現在D班的領袖，實質上是你呢。」

對龍園來說，現在的時間只算是延長賽，是他在這間原本打算退學的學校裡多出來的時間。

他有餘力奉陪來當作打發時間。石崎讓龍園跟著他移動。

就算被別人看見這副景象，應該也像是石崎把龍園叫出來。

他們離開校舍，來到周圍沒有人煙之處，石崎就立刻向他下跪磕頭。

「龍園同學，這次的特別考試……請你助D班一臂之力！」

雖然龍園在被石崎搭話的當下就有察覺到，但他還是隻字不提地俯視下跪磕頭的石崎。

「你在說夢話啊，石崎？我說過要退位了吧？你認為我會幫忙嗎？」

「這、這我也知道，可是憑我們的實力，大概贏不了別班！」

「也是吧。」

這點龍園也不否定。

他分析若是比潛能的話，D班壓倒性地不如其他班級。

「指揮塔會是金田，就算輸了也不會退學……可是，在這邊輸掉的話，我們的班級點數就幾乎不剩了！」

「如果輸掉七場的話，那也無法避免吧。」

現在D班的班級點數是三百一十八點。假如七連敗，就只會剩下大約一百點。雖然這是最糟糕的情況，但要是就這樣毫無對策地應考，這種可能性絕對不算低。

「既然這樣，你要把我擺在指揮塔上嗎？哪個同學會允許這種事？」

「這——」

為了讓龍園退學，就有必要讓他擔任指揮塔，然後就會有必要敗北。

但為了讓一個人退學，班級要承受重大損害，任何人都會無法發自內心感到高興。
萬一班級點數變成了零，那要前往A班就幾乎不可能。
何止如此，在這間學校裡的安定生活也會變得無法隨心所欲。
D班的首要目標就是勝利。次要才是以些微差距敗北，並藉此讓龍園退學。
只失去保護點數並且大輸一場——只有這點是必須避免的。
就跟不想讓龍園退學的想法一樣，石崎同樣也想讓D班獲勝。
要說D班有學生能辦到這點，除龍園之外別無人選。
「……該怎麼做才好呢？還是應該選擇C班嗎？」
原本的話應該直接選擇C班，可是那個班級有綾小路。
就是因為他是其中一個知道那男人本性的少數學生，所以才會有所猶豫。
「少擅自過來尋求意見，誰說要幫忙了啊？」
石崎碰運氣挑戰，但還是被迫體悟到這樣很莽撞。可是他還是沒有解除下跪磕頭的姿態。他有心理準備直到龍園離去的瞬間都要堅持下去。
「C班的團結力確實很低，雖然也有綾小路那種怪物，但那只是他個人的事情。如果變成團體戰，也看得見勝利的機會——通常都會想要這麼誤解。」
「咦……？」

龍園給出他以為無法得到，並且始料未及的建議。

「不過，如果我是指揮塔，我就會避免跟C班之間的對決。雖然不知道會以什麼方式決定對戰對手，但那不是我會想要主動闖去戰鬥的班級呢。」

「可、可是，如果是綾小路以外的——」

「跟這無關，你就是這樣才笨啊。」

「唔……」

「D班是笨蛋與無能學生的集團，但是跟別人相比，還是有勝出的部分。你們要活用那些特色的話，C班很不適合呢。不對，最適合的對戰對手只有一個班級。」

「哪、哪個班級？那會是——！」

龍園看也不看石崎地答道：

「B班。」

龍園說出意想不到的班級名稱。

「你們要在這場考試獲勝，除了B班，別無選擇。」

他提名B班——這個全班得出結論認為絕對會希望避免的班級。

「視使用方式不同，笨蛋也能派上用場呢。」

龍園背對著他邁步而出。

「請、請等一下！請問怎麼做、怎麼做才能贏過B班呢！」

他只有將頭抬起，然後叫住龍園。

「龍園同學！龍園同學——！」

石崎的這些喊叫並未對龍園帶來影響讓他停下腳步。

2

石崎表面上被大家當成是打敗龍園的人物，在D班裡的發言力並不低。

話雖如此，現狀也並不是完全沒有問題產生。

該退學的龍園還留著。說是為了要稍稍作勢威脅而集中批評票，結果讓真鍋遭到了退學。這點當然不可能沒有學生覺得可疑。

最先出現的疑問，說起來當然就是「誰對龍園投下了大量的讚美票」。

是班上有人投他讚美票嗎？如果是別班的話，又會是誰？

D班裡有好幾種推理反覆出現又消失。

因為無法在高匿名性的特別考試上知道正確答案。

B班的一之瀨跟石崎等人交易，請D班提供個人點數，相對地B班則要把讚美票提供給龍園。雖然這就是答案，但事實沒有從B班走漏。一之瀨一句拜託大家保密，同學們就乖乖服從了這件事。如果是無意義的請求就另當別論，但既然這是為了把退學者控制在零人的戰略，他們一定也會不遺餘力。D班籠罩在疑神疑鬼的氛圍下。

不過，也是有不少學生知道真相——像是為了阻止龍園退學而行動的石崎、伊吹，還有身為協助者的椎名日和。在這個即使停滯不前也不足為奇的情況下，椎名扛下了非常重要的職責——那便是石崎從龍園那裡獲得的唯一一項建議。

椎名忠實地實踐了D班最適合的對戰班級是B班的這點。

她跟金田私下討論，讓情況自然而然地導向了這個結論。

不過，問題並沒有因此解決。

椎名自己也非常心知肚明。無法統籌的D班就算跟B班直接硬碰，能獲勝的機率就跟一張紙一樣薄。她很清楚動作慢一點的話，就會導致敗北。

決定對手的那天，椎名立刻執行了某項行動。

「可惡，該怎麼做才好啊……」

石崎在卡拉OK的某一個包廂裡抱頭煩惱。

「我哪知道。是說，幹嘛又把我叫出來啊？說起來，這些成員是怎樣？」

伊吹瞪了石崎一眼，也對坐在他一旁的椎名投以相同的眼神。

「大概是因為你跟石崎同學是快樂的夥伴吧？」

面對悠閒地說出這些話的椎名，怒瞪著他們的伊吹垮下肩膀。

「唉……頭好痛。」

「我認為最能掌握現狀的三人聚在一起，就會想到什麼好主意。畢竟有句話叫做三個臭皮匠，勝過一個諸葛亮。」

「三個臭皮囊，勝過一個豬哥亮？那是什麼啊？」

「你是故意這麼說的吧？」

「痛！妳這傢伙，伊吹，不要扯我手背上的皮啦！」

「熱熱鬧鬧的，還真是不錯啊。把地點選在卡拉ＯＫ是個正確選擇呢。」

椎名看見他們兩個的互動，就雙手合十，感到很高興。

「這種組合根本就不能討論吧？我要回去了。」

「啊，這樣會很傷腦筋的，因為之後我還有邀請龍園同學。」

「「咦？」」

石崎跟伊吹的聲音，以百分之百的同步率重疊。

「要贏下這次的特別考試，龍園同學的存在是不可或缺的。畢竟認為那個大家都想避免對戰的B班才是唯一勝利機會的人就是他。」
椎名投入了一顆不得了的炸彈。
她似乎不了解自己這番發言的重要性。
「妳剛才說了什麼？」
「咦？我是說，B班才是唯一的勝利機會——」
「不是啦，妳是說妳之後有叫誰過來這邊？」
「龍園同學。」
伊吹看了石崎，石崎也看了伊吹。
「龍、龍園同學真的要過來這裡嗎？」
「對，我有事先拜託他。」
「總覺得會變成最糟糕的卡拉ＯＫ體驗耶……是說，那關於我們的事情呢？」
「我當然有告訴他。」
「他知道我們在，還會願意過來嗎……？」
石崎已經向龍園求助並且遭到拒絕。
他會這麼想也很自然。
「我大致問一下，那傢伙是幾點要過來？」

「四點半。」

「……啥？」

伊吹看了裝設在卡拉ＯＫ包廂裡的時鐘。

時間剛過五點五分。

「他有點遲到呢。」

「不是都超過三十分鐘以上了嗎？這不是遲到，是被無視了吧！」

「請冷靜，喝點哈密瓜汽水吧。我們何不耐心等候呢？」

伊吹無視她端出的哈密瓜汽水。

「我無可奉陪……」

石崎阻止了打算起身的伊吹。

「我會等他。龍園同學一定會過來……大概吧。」

「你白痴喔！那傢伙根本就沒有任何義務要遵守約定吧？」

實際上他正嚴重遲到。伊吹不願繼續有所瓜葛，打算離開。

可是，纖細白皙的手抓住了伊吹的手臂。

「我們就等他吧，龍園同學其實出乎意料地是個很可靠的人喔。」

「……妳又懂那傢伙的什麼？」

「我什麼也不懂，老實說交談過的次數也很少。」

「既然如此，妳為什麼要那麼說？」

「我只是不由得這麼認為而已。」

「連根據都沒有，還真是天真呢。」

「可能吧。」椎名微笑道。伊吹因為這張沒有惡意的笑容而鬆懈下來。

「再說，跟大家吵吵鬧鬧的也非常開心。這樣不行嗎？」

「……妳真是個笨蛋耶。」

伊吹傻眼地坐下。

「再等一下他要是還不過來的話，我就要回去了喔。」

「好的。」

3

「我已經受夠了！」

伊吹不斷地忍耐，但時間已經超過晚上八點了。

現在已經連說「遲到」這個字眼都算是很不精確，她對於被放鴿子的狀況很生氣。

「說來說去，妳不是也唱了大約十首嗎？」

「伊吹同學的極限，應該是從現在開始才對。」

「這就是我的極限加上極限了啦！」

「那麼，我們就以突破極限為目標吧。」

「別開玩笑了！」

「居然氣到發抖……妳老是在生氣，難道不累嗎？」

「我看著你的臉，又累上一百萬倍了。」

伊吹甩開石崎那隻打算阻止她的手臂，打算離開。

她才要伸手開門，那扇門就自己打了開來。

「你們是怎樣啊？該不會認真地覺得我會過來，而正在等我吧？」

那個笑著走進來的男人就是龍園。石崎和伊吹都不由得僵住了身體。

因為他們以為龍園不會過來了。

「你遲到嘍，龍園同學。」

「話說回來，你們好像還滿開心的呢。」

「嗯，我是第一次來卡拉ＯＫ，實在非常開心。」

「那麼我就回去吧。妳好好享受啊，伊吹。」

「我應該很礙事吧？」他笑著打算關上門，但伊吹阻止了他的動作。

「如果你要把我繼續打回卡拉ＯＫ地獄，我就把你揍飛。」

「呵呵，真可怕。」

被伊吹拉進來的龍園，叫石崎去點了一杯氣泡水。

他坐下後就開始滑手機，沒打算說任何話。

「……所以呢？」

伊吹催促般說。

「妳所謂的所以，是什麼意思？」

「你讓我等到這個時候，還打算說沒事嗎？」

「我只是來看白等一場的你們是不是還留著。」

他喝了一口不久後就送達的氣泡水。

「除此之外，我什麼事也沒有。」

「我可是被迫配合椎名，而且還過了好幾個小時。我很焦躁耶。」

「這跟我無關。」

「這跟你有關。」

伊吹大力拍桌，怒瞪龍園。

「喂、喂，冷靜點啦，伊吹。跟龍園同學爭論也沒好事。」

「你也是啦，你這個跟班是要當到什麼時候啊？」

「什麼時候？我……我就決定要跟隨龍園同學了嘛。」

「你還真敢說耶，明明一開始就非常討厭他。」

「那、那是，妳別多嘴啦！」

椎名無視了擅自激烈爭辯起來的兩個人，打算開始挑選新曲子。

「這個笨蛋可是被你的花言巧語欺騙，然後在難得的指名權上指名了B班耶。」

「好像是呢。」

石崎縮起肩膀。如果他接受班上整體的意見，就會選擇C班了。因為那才是唯一讓人感覺可能獲勝的對手。

石崎扭曲了這點，卻完全不知道該怎麼獲勝。

「這傢伙很景仰你。總之，做出發言的你也有一定的責任。」

「呵呵，既然這樣就沒辦法了。我真是亂說話了呢。」

龍園笑完之後就開始說：

「你們記得我在入學一開始對B班挑起什麼嗎？」

「……好像是打算讓他們起內鬨，對吧？」

他們在龍園的指示下與B班起糾紛，試圖誘發他們內部的分裂。

這是龍園為了確認各班潛能而引起的導火線。

像是跟須藤互毆、暗中接觸葛城——那是這個時期的事件之一。

「結果怎麼樣？」

「沒有效果，那個班級的向心力一下子就變得很強大。」

「對，那些傢伙比任何一個班級的向心力、團結力都還要強。」

「所以這種綜合比賽，作為對戰對手，B班才會是我們希望避免的班級吧？」

「我也依然這麼認為。身為領袖的一之瀨，還有那些仰慕她的人都很棘手呢。」

伊吹跟石崎的發言同時也是D班的整體意見。

「椎名，妳會怎麼分析B班？」

「我想想……B班就像兩位說的那樣很強大，畢竟所有的能力都高於平均。最重要的是，關係那麼緊密也是件非常令人羨慕的事情……但也可以說他們就只是如此程度的班級。我認為他們沒有特別的威脅性，就只是個感情很好的班級。」

「妳一臉溫柔的表情，做出的分析卻滿狠的呢。」

龍園問完各自的意見，就說出自己對B班的評價。

「如果要讓我來說的話，B班最大的缺點就是一之瀨……不對，是在於他們班沒有領袖。」

「等、等一下，我不懂這話的意思耶，一之瀨就是領袖吧？」

「一之瀨跟神崎原本都不適合當領袖，他們是支持領袖的參謀類型。與其讓那些人當老大，不如把鈴音或葛城放在上面，班級的運轉還會更好。就是因為這樣，這個爛透的D班也還是有機會勝利。」

「不過，這就契合度來說也一樣是最糟的吧？對於幾乎所有平均值都低於他們的D班來說，他們也可以說是我們現狀下最不想碰到的對手。」

「不管跟哪一班比賽，獲勝機率可能都只有百分之幾左右吧。」

「……我、我們有這麼大的差距嗎？」

面對愕然不已的石崎，龍園和椎名都完全沒有改變評價。

「不過——」

龍園拿起空掉的玻璃杯，透過玻璃杯看著前方可見的伊吹等人。

「只要鑽研一下做法，不滿一成的勝率就會接近五成。視情況而定，也可能會躍升到五成以上。」

龍園將一張摺起來的紙遞給椎名。

椎名攤開來，就看見那裡寫上了十個項目的名稱，以及五個有標上記號的真正項目。

伊吹跟石崎也從左右前來窺伺內容。

「當天要投入這些項目。」

「欸，這全都是——」

「沒錯。這些項目全都是只要靠力量制服對手的項目。」

空手道、柔道、跆拳道、劍道、摔角等等，這是將會嚴格使用到肉體的十個項目。

「請等一下。那個，我們班上確實有好幾個人對打架引以為傲。像是我或是阿爾伯特，小宮加上近藤，還有伊吹……可是，其他人就未必如此。」

「是啊。B班也有不少學生運動神經優異。如果全都可以一對一比賽，狀況也會不一樣，可是所需人數全部都必須做出改變吧？」

「就算撿到了一兩個項目，也不知道其他項目會怎麼發展。」石崎說。

就算單純任憑籤運去挑戰，也不保證可以幸運地抽到所有項目。

「那又怎樣？」

「咦？」

「你們太拘泥於所需人數，那種東西無所謂。」

石崎無法推知他的意圖，但椎名馬上就察覺了本質。

「原來如此，這要看我們怎麼想，對吧？就算是幾人對上幾人的項目，視規則而定，這也總有辦法。只要採用淘汰規則，這樣派出一個人就可以解決了。」

「沒錯。就算以十比十進行柔道，靠阿爾伯特一個人也就夠了。」

「可是……校方會認可淘汰賽之類的嗎？」

「筆試和球類運動的項目，大概就不能採用淘汰制了吧，可是在空手道或柔道那種競賽上，淘汰賽的形式很普遍，校方不會說那是脫離常軌的規則。為了避免因為危險性而遭到駁回，就先讓空手道之類的採用不直接擊打對手的規則，這樣也就不會有問題了。就算有一兩項被說有危險而駁回，也只要拿另外某五種項目來填滿就好。」

「行得通，這樣就行得通了耶，龍園同學！」

察覺這件事實的石崎，雙眼寄宿著希望之光。

「如果是這樣的話，D班選的項目確實全都有可能會獲勝……可是，要是運氣偏向對手呢？萬一被選到很多B班的項目，那該怎麼辦？」

「只有五成的可能性獲勝，妳也會有所不滿嗎？」

「……你要幫忙的話，那我還真想要求確實的勝利呢。」

「呵呵，我當然會採取對策。」

現在D班身處的立場，不是只憑實力就可以贏過B班準備的項目。

龍園表示必須在其他部分上縮短差距。

「——你要我們做什麼？」

伊吹終於開始理解事態。

「為了勝利的惡劣行為。」

龍園笑著回答。

「接下來直到考前一天，每天都要死纏爛打地纏著那些B班的人。一開始只要四處尾隨就好。過一段時間，那些人也會發現自己在被到處追著跑。」

「那是怎樣？你的意思是打算藉此給對手施壓嗎？」

「B班的那些人應該會笑說這種行為幼稚且拙劣。一之瀨會判斷如果沒有實際損害，那放著不管就好。一之瀨就是那樣的人。到頭來她就會無法察覺我的目的。」

「……目的？」

「總之，最初的第一個星期就這樣結束。等十個項目發表再正式地開始動作。雞毛蒜皮的小事就好，像是搶位子、惡狠狠地瞪人、講話聲音很吵——什麼都可以，你們就超出必要地上前糾纏吧。知道要派出什麼人吧？」

意思就是，要投入以石崎為首的那些擅長打架的人們。

「這……意思是要我們視情況而定，跟人互毆嗎？」

「只是要加強接觸而已，這個階段絕對不要做出威脅或打人的舉止。這個要留到最後一刻當作殺手鐧。」

不管是哪一種，重要的是要做得抽象又曖昧不清——他如此說明。

如果單方面製造負面要素，也無法斷言不會有校方的介入。

「真正的目的之一就是情報。在無數的糾纏中偷出B班學生的情報，搶先得到會在考試當天被選上的五個項目。他們班級內當然會在早期階段就統一要選擇哪五個項目。不管是郵件也好，訊息也好，應該都會有某些人在討論那五個項目。事實上你們也有在進行吧？」

「是、是的，我們有在尋找適當的時機，討論十個項目要選什麼比較好。」

「沒錯。就算他們口風非常緊，手機也不會有防備，他們深信手機不會輕易被人看見。考試接近的話，方針也會固定下來。我們或許連誰會參加什麼項目都能弄到手呢。」

「說得那麼簡單……事情會這麼順利嗎？」

「這不是要交給運氣，是必須由我們主動這麼誘導。為此的布局，就在於明天開始死纏爛打的糾纏。還有，除了奪取情報之外，我們還要研究手段。例如說——這個。」

「這是什麼……瀉藥？」

「這是具有延遲性效果的瀉藥，四十八小時之後才會開始發揮藥效。只要讓好幾個人喝下這個，當天可能就會有一或兩個人身體不適。」

「你、你——這種東西犯規吧？要是東窗事發的話，可不知道會變怎樣！」

「那又如何？」

「唔……」

「妳覺得我是會在意這種事情的人嗎？」

「唉——的確呢。你是個會為了獲勝而不擇手段的男人。」

「要是成為問題，到時我會扛下所有罪名。這樣很輕鬆吧？」

不管校方要對個人給予怎樣的懲罰，龍園也都不痛不癢。

就算班上受到了損害，反正如果原本都是要嚐到慘敗的話，那這也都一樣。

「意思就是說，這也是只有原本就接受退學的你才做得到的嗎……」

「雖然你剛才說要先把打架當作殺手鐧，但這也就是說，我們在最糟的情況下，也會使出強硬的手段嗎？」

「對。從瑣碎的口角演變成打架，這在小鬼頭之中可是家常便飯。把他們預定要參加五個項目的真正人選，跟我們這邊的無能學生相抵也是不錯。當天就可以占優勢，對吧？」

既然決定要做，龍園就不會手下留情。

「當天我會當指揮塔。因為從一之瀨那裡奪走她的冷靜也很重要呢。」

「你還真是殘忍無情呢……」

「我會先把這當作是稱讚。你們可要讓他們見識到D班獨有的戰鬥方式喔。」

「是……是！」

「回答『是』是怎樣啊？」

伊吹覺得這下事情變得不得了而嘆了口氣。

然而，伊吹也一度嫌棄自己心裡有部分對於這種做法不感到厭惡。

「可是……你為什麼會願意接下來呢，龍園同學？這不單純是同情吧？」

「好啦，這是為什麼呢——」

龍園靠在沙發上閉起雙眼。他對這間學校沒有留戀——起初這件事情毫無虛假，但如今他的心境開始產生一種變化。

那就是他對於輸給綾小路清隆那個男人，並且就這樣離開學校的不滿。他的目的就是當上指揮塔，營造出沒有退路的狀況，藉此確認自己是否真的開始期望與綾小路再次交戰。如果他沒有留戀的話，也是可以隨便選人，故意讓班上輸掉。

可是……假如他真的萌生出希望再次交戰的想法，他就會試圖存活下來。龍園想要知道這個結果如何。

贏家與輸家的界線

第六場比賽被選到的項目是二對二的「弓道」。因為明人的奮戰，結果是C班的勝利。雙方理所當然地爭奪著自己挑選的項目，結果是三勝三敗，成功地與A班並列。

坂柳沒有特別做出任何評語，而是靜靜地看著這個項目的進行。

她的樣子就像是在期盼會變成三勝三敗。

接著，終於是最後的第七場比賽了。

真不知考試內容是不是命運的捉弄——

「西洋棋」　　所需人數一人，持棋時間一小時（用盡即敗北）。

規則：比照一般西洋棋規則。但第四十一手以後，持棋時間也不會增加。

指揮塔：可於任意時間點利用持棋時間，於最多三十分鐘的期間下達指示。

不是「費雪規則」那種每下一手棋，時間就會被加上去的規則。

西洋棋擁有比賽時間漫長的傾向，這恐怕是為了讓西洋棋被採用的策略吧。通常西洋棋的對局花費兩小時以上都很理所當然，考試時間會是一個小時，應該也是這個緣故。

「以三勝三敗的狀態挑戰最後的第七個項目。沒什麼比這還要令人開心呢。而且這個項目居然是在最後被選上……剩下來的東西果然會有福氣呢。」

坂柳的目的應該就是在決勝點介入，並且對夥伴下達指示。

雙方恐怕都會在幾乎相同的時間點介入。

看到指揮塔干涉的部分，便明白憑半吊子的本事贏不了坂柳。

「這對A班來說是個失算吧？被逼到這種地步。」

「是啊，不得不承認我們在運動層面上被壓倒了。」

坂柳就像是在回顧目前為止的六場比賽而做出總評。

「但這個第七場比賽有點不一樣。這場比賽會被指揮塔的實力大幅左右。」

「真不巧，因為我很擅長西洋棋。」

接下來，坂上老師跟星之宮老師將目擊我們的比賽。

還是起碼先稍微設下防線會比較好吧。

「哎呀呀……那還真是巧啊。那麼，我選擇的西洋棋可能就會是個失策了呢。」

但首先是前哨站，考試會從這邊開始——讓雙方準備的一名學生戰鬥。

我從還沒有出場的學生一覽表中選擇了堀北鈴音。

另一方面，坂柳選擇的學生則是——橋本正義。

「堀北同學果然出場啦。資優生的她到現在都還沒有出場，就是因為要保留到最後的項目，對吧？」

「畢竟也沒必要把她當作王牌保留起來了。」

雙方的選擇傳達至各班，學生開始為了考試移動。

「兩位不先補充水分之類的，沒關係嗎？」

星之宮老師替從考試開始以來就不曾離席的我和坂柳操心。

「謝謝您的關懷，不過，請別擔心。」

「我也沒關係。」

「是嗎？那就好……」

星之宮老師似乎不擅長應對這種緊繃的氣氛，她很拘束地嘆了口氣。

「好像準備就緒了呢。那麼，接下來開始舉行第七場比賽——西洋棋。」

坂上老師給了指示，所以我們停下閒聊。

學校準備給我們的舞台似乎是講堂的一隅。那裡擺著西洋棋盤。

『請多指教。』

堀北和橋本兩人都緩緩地低了下頭。
最後一場比賽終於開始了。

1

我的面前擺放著西洋棋盤。這個東西直到大約一週以前，我就連規則都不知道。
我現在在此才第一次碰到棋子。
在跟他透過電腦特訓的過程當中，我開始理解西洋棋的深度，還有它是多麼有趣。
如果對手是綾小路同學或坂柳同學，我應該就連萬分之一的勝算都沒有。
可是，現在與我對峙的不是那兩個人。
橋本同學有多少本領，當然是個未知數。
但應該無法想像會比那兩人還要強。
「請多指教啊，堀北。」
輕挑地前來這麼搭話的人，就是我的對手。
聽說他在A班裡也是個不容小覷的學生。

「妳露出很可怕的表情耶，不打算更享受一下這個狀況嗎？」

「你們一直是維持在A班度過這一年，所以不會懂——不會懂這場比賽對我們C班來說非常重要。」

「輸掉的話，就要支出讓人吃不消的班級點數。這點我們也是一樣的。」

贏下這場西洋棋的班級，將會獲得一百三十點。

這場比賽會決定班上能否得到那些點數結束這一年度，真的非常重要。

「對了，妳有記住我的名字嗎？」

「雖然沒有跟你說過話，不過你是橋本同學，對吧？」

「真榮幸耶。因為說到C班的堀北，也算是小有名氣呢。我好像是在那場讓龍園大吃一驚的無人島考試時，第一次知道妳的名字。」

當時我什麼也沒做。一切都是綾小路在暗地動作的戰略。

不對……雖然對他來說，這或許根本不算什麼戰略。

「我學西洋棋才幾個月，妳可要手下留情喔。」

「真遺憾，我是一個星期左右。」

「哦……」

戰鬥已經開始了。

光就西洋棋資歷的這點，就有可能摻雜著真真假假。

這是要互相牽制、互相鑽入對手精神破綻的戰鬥。

這場考試對於私下交談非常寬容。

例外頂多就是說出來可能會變成答案的筆試。身為指揮塔的綾小路同學與坂柳同學，恐怕已經反覆比過了好幾次這種比賽才對。

我們就這樣以三勝三敗的狀態進入了最後的第七場比賽。

這都要歸功於平田同學歸隊、須藤同學維持理性，還有許多人都能團結一致。

只有高圓寺同學的那件事是應該要反省的要素，但那個也是事後再反省就好。

我絕對不能白白浪費這場比賽。

我想起今天早上考試之前，綾小路同學說出的那句自傲得令人傻眼的發言——

「不管對手是誰，都不會有人比放水的我還要強。」

雖然我當時感到很煩躁，但不知為何，這句話現在卻變得很可靠。

如果橋本同學不如他，那我也有勝算。

這是為什麼呢？

我不覺得自己會輸。

從比賽前，我就只想像得到自己占優勢的情況。

「那麼，現在開始舉行第七場比賽的項目——西洋棋。請兩位就坐。」

我遵從老師的指示坐到位子上。

眼前的橋本同學沒有垮下笑容，但他的眼神裡沒有笑意。

這場比賽的輸贏會直接連結到班級的勝敗。

橋本同學似乎也把這件事情視作壓力承受下來。

「那麼就開始吧。」

橋本這麼說完，就拿起白色與黑色的士兵。

「妳知道決定先後手的方式吧？」

「嗯。」

橋本同學確認完這點，就暫時藏起了雙手，然後再伸過來。

「左手。」

我這麼回答。橋本同學張開的那隻手上有的是白棋。

總之，是我執白棋先行。

「真期待第一步棋會怎麼下。」

「我不知能否回應你的期待。」

我拿起了白棋。這是我第一次碰棋子，觸感很冰冷。

我和橋本同學的第七戰就這樣開始了。

我的第一步棋——就是士兵E4。

對戰開始，橋本同學的笑容也就暫時消失了。

黑棋接著開始移動，他回以一手士兵E5。

我立刻移動騎士瞄準黑士兵。

在與綾小路同學多次對戰的比賽當中，這是我最信任的做法。

藉由觀察對方會為了保護黑士兵而如何出招來掌握趨勢。

「我也跟坂柳學了不少東西呢。我可不會在開局就讓黑棋不利。」

從第一步棋開始，我們都沒有思考太久就動起了手。

持棋時間是一小時。綾小路同學要使用三十分鐘，所以我實質上只有三十分鐘。

沒有從布局階段就耗掉時間的餘力。

我在開始下棋之後了解到他不會進入簡單輕鬆的防守。

橋本同學是跟誰學的呢？他沒有使出按照常規的戰鬥方式。

然後接二連三地使出攻擊性的招數。

「戰鬥方式很扭曲，對吧？」

「是啊，這是從你的師父那裡繼承的戰鬥方式嗎？」

「對。坂柳跟我是一樣的棋風呢。應該是她在教人的時候感覺跟我最合吧？妳跟我這邊不一樣，棋風似乎很踏實……妳是自學的嗎？」

他做了刺探。是想從我的證詞中引出什麼資訊呢？

「我這個星期都只顧著下西洋棋。除此之外全都捨棄了。」

「哦……也就是說，妳很確定西洋棋會被選上嗎？」

「你要這麼想也無所謂。」

每當棋子移動，位置就眼花撩亂地變更。

乍看之下，我被他將軍了很多次，看起來可能像是在被壓著打。

可是，我下的棋都確實地在侵蝕橋本同學。

「妳說開始學一個星期，是真的嗎？」

「你好像很愛聊天呢。」

「我的長處就只有說話這點了呢。」

他就算想違反下棋時的道德，就算打算聊什麼話題，也都在規則範圍內。

我沒有權利阻止他。

「沒錯，就是一個星期。不過，你也無法否定這可能是謊言。」

「假如真的是一個星期，實在難以想像妳是自學。只能想像妳是受到了像我家公主殿下那種對西洋棋很有自信的傢伙的徹底鍛鍊。」

「不好說呢，我也無法斷言這不可能。」

我不打算給他無謂的情報。

「唉，那就算了。比起這個，我可以問一下關於綾小路的事情嗎？」

那就算了？對他來說，西洋棋資歷或是師父的有無，好像從一開始就無所謂。

他只是起個頭，真正的目的似乎是綾小路同學的事情。

連橋本同學都開始注意他了。

「你想問什麼？」

「從無人島的那件事去看，我在想暗中密謀的人會不會就是綾小路。」

他帶給我精神上的動搖。

他被選上的理由，其中應該也包含這點吧。

「你為什麼會這麼想？」

「這只是直覺。妳就回答我嘛，堀北。」

「什麼回答不回答——我就連你在說什麼都不知道呢。」

「是嗎？在我看來，妳感覺很動搖不安呢。」

「知道你是我的對戰對手時，我就料到你應該會想辦法讓我動搖。」

「……哦？」

「不管你打算怎麼動搖我，都無法攻陷我的本營。」

白主教將軍了橋本的國王。

橋本同學原本的那張笑容一度消失。

「你還有餘力繼續聊下去嗎？」

至今一直維持沉默的我，從現在開始反擊。

「開始變得有意思了呢……」

等到察覺時，局勢就開始傾向我這邊了。

他絕對也不算是個很弱的對手。可是，他卻只有回以如同我預測的棋子。

他在比賽開始還沒經過十分鐘的狀況停下了手。

第一次做了長時間的思考。他不時看向我的那張行有餘力的表情，也已經完全消失不見。

「哎呀，妳真強耶。堀北，長得一臉可愛，卻很不得了耶。」

「你也是與外表不符，很會下西洋棋呢。」

「多餘的恭維就不用了。真是的，還真是天外有天啊。」

如果這場比賽就這麼進行下去，我就一定會贏。現在就是有這種趨勢。
身為對弈者的橋本同學，不可能沒感受到這點。
然而——這場比賽不會就這樣結束。

2

螢幕上播出了他們兩個的對決。
初期局面是橋本反覆發動攻擊，但堀北都冷靜地處理。
她將忍不住會想用棋子保護國王的狀況，一邊夾雜著冷靜迴避的招式，一邊迴避著危機。
穩紮穩打地累積每一步棋，把棋面變得占有優勢。
現在就要進入中盤了，堀北的心裡也是時候要浮現出勝利的文字了。
沒錯，比賽是堀北占優勢。她遠比在跟我練習時更充分發揮了實力。
「真是場會想就這麼看到結局的有趣比賽呢。」
沒讓人感受到焦躁的坂柳，說出這種作為觀眾的意見。
「我贊成。那我們就這樣見證到最後吧。」

「呵呵，是啊……雖然我是很想這樣講，但不行呢。不是我不信任橋本同學，但堀北同學的樣子很冷靜，他擅長的話術攻擊好像也不管用呢。」

現在就是進攻的時機了嗎？電腦上顯示坂柳發出指揮塔的干涉。

應該是她判斷再拖下去，橋本就極有可能會敗北吧。

不等到中盤就先參加，對坂柳來說好像也始料未及。

不過，這個判斷很精準。

狀況變成是再稍微觀望的話，恐怕就會定出勝負。

現在的堀北就是有如此令人毛骨悚然的強度。

我被想要再稍微觀察狀況的想法支配住，不由得想看看她的成長。

我對於堀北在跟坂柳對弈時會還以怎樣的棋子產生了興趣。

「你不參加嗎，綾小路同學？」

「因為比起我輕率地參加，交給現在的堀北，勝率也許還比較高呢。」

「原來如此。那麼，我就不客氣地過去逆轉嘍。」

她動手敲鍵盤，接著，原本在做長時間思考的橋本便如魚得水一般開始活躍地動作。

指揮塔三十分鐘的持棋時間，在按下確認鍵的瞬間就會停止。傳達前的延遲好像有被考慮進去。時間將從對戰對手打回來的瞬間再次計時下去。

堀北對上了坂柳。但願她能跟堀北比得不相上下。

這樣的話，堀北也有可能保持優勢、成功獲勝。不過，應該不會那麼順利。有絕對自信的坂柳加入了戰局。我了解到堀北因為對手還以自己從目前的發展中沒有想像過的一手棋，而感到焦急。

因此她思考——思考如果對手換成實力更勝於自己的人物，對方會如何對付自己。

於是，她好好利用了布局階段存下的持棋時間加以還擊。

「我們讓給你們的時間或許有點不夠呢。」

面對堀北的這招，坂柳不用思考五秒。

就立刻在致命處還以一擊。

堀北一轉眼就吐出被給予的勝利機會。

已經只有些微的領先了。堀北停下手。

儘管她還不成熟，但應該還是看得見吧。跟自己能力比不上的對手對弈的絕望感。

自己漸漸被追上、被逼到絕境。

兩分鐘、三分鐘經過。堀北已經沒辦法動作了。

這裡就是界線——贏家與輸家的界線。

我為了跟開始被壓制的堀北交棒，而送出干涉的信號。

這也透過對講機變成語音傳給了堀北。

堀北一度抬頭仰望攝影機。接著點頭，將所有的思考都交付給我。

接下來要戰鬥的不是堀北跟坂柳。

而是我跟坂柳——一對一的對決。

「好啦，這下子就終於——變成是我們的比賽了呢。」

「好像是吧。」

持棋時間是限制三十分鐘，不過到終局為止應該非常充裕。

我跟坂柳繼續對話，同時也沒停下手邊打鍵盤的動作。

雙方下一手棋所花費的時間大約是十秒到最長二十秒。在按下確認鍵，並發送出去的時間點，我這邊的持棋時間似乎不會減少，而是會停下來。

觀看到中盤為止的過程，我就想像完今後這盤棋會怎麼發展了。

雙方的棋子不拖泥帶水，盡情地縱橫在棋盤上。

『喂喂喂，你們是以什麼異次元的方式在戰鬥啊……！』

螢幕的另一端傳來按照指示下棋的橋本的說話聲。

『我們的比賽看起來真沒出息呢……』

『……是啊。』

他們會動搖也理所當然。棋手的替換就是有著「外行人與行家」這麼大的差距。乍看之下說不定還會不知道棋盤上哪方有利、哪方不利。

不……比起那種事……我在開始下棋之後，就被強制性地理解到一件事。

我不禁屏息。

她的西洋棋本領讓我想要坦率地表示敬意。

就算她前進西洋棋的世界名聲遠播，也絲毫不足為奇。

我小時候曾在White Room裡學過西洋棋。

雖然跟眾多專業講師下過棋，但她比每個人都還要強。

「怎麼樣，綾小路同學？我這步棋有下到你的心坎裡嗎？」

「嗯，我痛切地感受到了呢。」

即使過了比賽中盤，進入了後半戰，何止是擴大差距，我光是不被拉近差距就竭盡了全力。

如果有任何一個誤判，我就會一口氣被壓制。

「我不擔心你呢，你絕對不會犯下細微的失誤。」

「既然這樣，那妳也可以放棄。」

「這是難以達成的商量。如果你不會失誤，那我就要超越你的實力，直到正面突破你為止。」

堀北和橋本也在不知不覺間說不出話，就只是成為我們的手移動著棋子。

不久之後，當接近後半段的比賽時……坂柳停下了手。

如果是普通的發展，我認為自己知道坂柳下回會哪走一步棋。

不過——坂柳卻在此做了奇妙的長時間思考。

就是因為我們到目前都迅速地交戰，所以橋本也充滿了動搖不安。

雖然沒說出口，但他可能感受到這是坂柳的危機。

她經過幾分鐘的沉默，下出了一步棋。經過長時間思考所得出的這步棋，非常強而有力。

我沒有失誤，也不打算讓她有機可乘。

但這是——

這次換我停下了手。

「啊，真是何等開心的時光呀。對觀眾的顧慮已經都無所謂了。我只想把這場比賽當作是人生最棒的體驗。我現在如此深切希望呢。」

我不知道星之宮老師、坂上老師擁有多少西洋棋的知識。

可是，這兩人應該也有切身感受到這一戰非比尋常。

一分鐘、兩分鐘——時間不停息地流逝而去。

我大量地吐出充裕的持棋時間。

『你……你在做什麼，綾小路同學？』

螢幕的另一端傳來原本靜靜觀戰的堀北的聲音。

『已經只剩五分鐘左右……！』

那種事情我知道。

一局裡參雜四人思緒的複雜西洋棋遊戲。

曾無庸置疑處在優勢方的我們，現在已經完全被追平了。

我接下來的這一手，將成為定生死的一步棋。

不管花多少時間預判，都不算是用過頭。

「你不是在這種程度就會結束的人吧，綾小路同學？請你讓我見識見識。」

比起勝利，坂柳只對引出我的全力感興趣。

對妳而言，如果是為了自己享受，考試輸贏之類的都無所謂吧。

剩下不到三分鐘。我想像的那條直到終局為止的路徑，暫時全都恢復到了最初的模樣。

我再度構築取勝的路線。在快要剩下兩分鐘以前——

我敲擊鍵盤，對堀北下達指示。

堀北就像在等待指令似的再次開始動作。

棋子在棋盤上強而有力地飛翔。橋本再度感到焦躁。

跟截至目前的平順發展不一樣，坂柳的這步棋也很漫長。
起初是三十秒，下一步棋也是三十秒，再下一步棋是一分鐘。
反之，我則花一兩秒就回應了那些棋。
目前的狀態是我牽著坂柳的手，走在以我方勝利作結的路徑上。
很快就是終盤之戰了，再一下子就會決定勝負。
我發動將軍的一步棋。
雖然她還有逃出生天的辦法，但那也所剩無幾了。
待會兒那些退路也很快就會消失。
「漂亮……」
坂柳說出了讚譽。
一分鐘、兩分鐘、三分鐘。這是坂柳第二次的長時間思考。
在持棋時間逐漸減少的狀況中，寶貴的每一秒正逐漸削減。
直到剛才都會搭話的坂柳沒有繼續出聲了。
『喂喂，喂喂！』
橋本喊道。剩餘的時間不到兩分鐘，終於比我少了。
如果三十分鐘用光，就她只能交給持棋時間還有剩的橋本。實質上就確定會敗北了。

『坂柳！這樣就是我們輸了嗎！』

橋本大概想像不到可以順利獲勝的畫面吧。

坂柳的持棋時間剩下不到一分鐘了。

「真的很精彩，綾小路同學。你充分回應了我的期望。」

坂柳在時間漸漸減少的情況中再次讚譽了我。

「我是第一次切身感受到冒冷汗的感覺，你真的是個強敵。」

在時間快要結束時，坂柳接著說：

「——這下子就結束了。」

坂柳的嘟噥、敗北發言，橋本都聽不見。

指揮塔沒有權利結束對局。

隨著時間結束，下棋的權利就會恢復給雙方的棋手，並由橋本再次認輸。

或是，雖然也是有直到最後將軍為止都由橋本繼續打下去的這種方式。

不論如何，比賽在坂柳剛才表示認輸的時間點就結束了。

「真是場開心的戰鬥，讓它結束實在是很可惜……」

不到四十秒了。我聽見坂柳平穩的聲音，也同時聽見她敲鍵盤的聲音。

那些話不是在認輸，是坂柳確定自己勝利，猛烈的一步棋。

『……我等很久了……公主殿下！』

橋本，不對……在他身後的坂柳發動起死回生的攻擊。

接到這一手時，我的背後又襲來一股電流通過的感覺。

瀕死的黑棋復活，再次開始呼吸。

我在走了兩手、三手棋的期間，察覺到情勢逐漸偏離了我的路徑。

然後——回過神來，就漸漸被逼入了窘境。

等察覺時，就被引誘到了坂柳勝利的路徑上。

在這反覆變化的狀況中，寂靜的時光再次拜訪我。

在持棋時間只有不到一分半的現在，我被迫處在最大的窘境裡。

這種狀況，動棋子的堀北一定也有強烈地感受到。

直到剛才都看得見對手的敗北。C班的勝利原本彷彿是可以抓到的。

現在堀北應該有強烈地體驗到它逐漸遠去的滋味。剩下不到一分鐘了。

『綾小路同學……』

堀北抬起頭，對我說話。

『我不想輸。』

她就只是說出了自己的心情。

『我……』

堀北把她現在想說的話說了出來。

『我……我不想認輸……我好想贏……』

她發自內心地吶喊。

『我現在也在拚命地思考、思考、思考著取勝的一手棋。』

這種任憑感情支配的吶喊，很不像是堀北的作風。

『可是，我沒辦法打出超越坂柳同學的棋……現在能做到這件事情的人，就只有你了！』

我閉上眼。

剩下的時間還有幾十秒。

在最後的最後的最後的最後。

考慮到比賽後面會繼續下去，三十秒耗盡的時間點，就確定會輸了吧。

已經沒有任何安全路線了。這場戰鬥，我要賭上獲勝的最後機會。

我在鍵盤上迅速且確實地輸入我可以擊出的一手。

然後按下確認鍵送出。持棋時間在此停止。

堀北就只是像在祈禱一般，不斷地等著我的訊息。

在我送出指示經過大約三十秒的時候，堀北睜開了雙眼。

堀北盼望很久的信號，好像透過對講機傳達過去了。

我看了一眼坂上老師和星之宮老師。

兩人都像在守著西洋棋的去向般盯著螢幕。

『你還想打嗎……綾小路？』

橋本掛著一張似笑非笑的複雜表情抬頭看著攝影機。

堀北下出的一步棋。

坂柳的持棋時間再次開始計時。

「很精彩，綾小路同學。」

坂柳接下這步棋之後，就再三地表示敬意。

「我不記得自己有過跟如此複雜且強大的敵人戰鬥的經驗。你回應了我下的每一步棋，而且還以了對等……有時甚至還會超越我的一手。」

接下這步棋，並且大概可以看見終局的坂柳，這麼預測：

「剛才綾小路同學下的那步棋，實在也是無可挑剔的一手。無庸置疑是普通人怎麼樣都抵達不了的領域。」

坂柳這些萬分感慨的聲音有點顫抖。

「——但是——」

坂柳的低語傳遍了室內。

「這下子，我的勝利就無可動搖了。」

她說完之後，就在鍵盤上輸入指令。

一直等著答案的橋本立刻按照指示移動棋子。

我也讓棋子向前應戰。接近終局了。

沒有對話，就只有迴盪著棋子移動的聲音。

還有五秒……四秒……三秒……接著，終於……

她犧牲了皇后，發動將軍。

這是犧牲最強棋子皇后，足以稱作是究極的絕招。

靠這招贏得的勝利也很特別，但風險實在太高了，假如失敗的話，就一定會迎接自己的敗北。她在這個被逼到窘境的最後關頭上用這招做了斷。

堀北停下了手。

雖然她對於對講機會播出我的指令抱著些微的希望，但那也只有一瞬間。

她自己也領悟到了吧。這已經是不被允許逃脫的將軍。

勝負已定。

『綾小路同學……』

即使如此，堀北還是有某些事情無法完全放棄吧。

『回答我，綾小路同學……已經沒有任何辦法了嗎……？』

我放開了鍵盤。

『綾小路同學……！』

堀北比任何人都期望贏過A班後所通往的勝利。

她認為只要交給我，說不定就可以獲勝，於是把一切都託付給我。

這最後的第七場比賽。我很想稱讚她面對棘手的橋本也把局勢打成優勢。

堀北沒有任何疏失。

這只是對手打出了最好的一步棋，超越了堀北按照對講機指示走出的棋。

指揮塔擁有的持棋時間變成零之後，通話就中斷了。

『……我輸了。』

堀北垂頭喪氣地對橋本低下頭。

『謝謝。』

橋本也回應般地低下頭。

「——比賽到此為止。」

第七項目的比賽，隨著靜靜看著結果的坂上老師說出的這句話，劃下了句點。

「剛才的項目是A班獲勝。因此，這次最後一場特別考試的結果是四勝三敗——A班的勝利。C班也表現得很精彩。」

最後的西洋棋宣告了結束。總之，我待會兒得先想好藉口呢。這是我擔任指揮塔干涉所以才輸掉的西洋棋。無法避免會有人表示不滿，覺得我為什麼不交給堀北。

「真是場厲害的比賽……應該可以這麼說吧？總之，C班表現得真是精采呢——」

星之宮老師以一如往常的感覺過來安慰我。

「如果你覺得這裡不方便的話，也可以在老師的懷裡哭喲。」

「星之宮老師。」

坂上老師對說著玩笑話的星之宮老師露骨地感到焦躁，並叫了她的名字。

「開、開玩笑的啦，開玩笑。」

她震了震肩膀，連忙對坂上老師低頭。

「不過綾小路同學，你好像是遠比我想像中還要厲害的孩子呢。像是答對快速心算那個非常不得了的第十題，還有在西洋棋上跟坂柳同學對等地交鋒。而且在筆試上也把得分高的部分引導成正確答案。啊，外加好像也跑得很快……」

星之宮老師說到這邊，就稍微陷入沉思。

「這算什麼呀？意思是你至今為止都隱藏了這些能力？」

「只是這次碰巧進行得很順利。」

「是喔，偶然呀——也是會有這種事情呢——……開玩笑的啦……嗯，總覺得我好像知道小佐枝特別關照你的理由了。原來如此，這真是犯規呢。」

不管我再怎麼想抑制，在老師面前還是會有很多地方必須表現出能力。

「放心～這裡詳細的所見所聞，我不會四處告訴其他學生。」

她這麼說完，就溫柔地撫摸我的肩膀，然後把臉湊來我的耳際這麼說：

「老師不討厭你這種孩子，但如果把你看成敵人，可能就會覺得非常討厭。」

留下這句話就離去的星之宮老師，臉上沒了笑容。

想不到我似乎讓她有了我是B班敵人的這種認知。

「考試已經結束，請學生盡速離開教室。」

「坂上老師，我們要回教室一趟嗎？」

「不，今天就這樣結束了，直接回去也沒關係喔。」

看來不會讓所有人都集合一次。既然這樣，還真令人感激。

「學生真好耶——可以就這樣回去。」

「星之宮老師，請準備收拾。」

「知道啦。」

坂上老師與星之宮老師開始做起為了撤離多用途教室的準備。這種輕鬆的狀況讓人無法想像才剛比完一場充滿緊張感的比賽，坂柳從電腦對面那側慢慢地現身。

老師應該是在等學生們離開吧。

「辛苦了，綾小路同學。」

「嗯，妳也是。」

我們先對彼此交戰了七個項目的這件事情寒暄。

雖然只有三十分鐘，但她讓腦袋全速運轉，應該相當疲勞吧。

「西洋棋很講求韌性呢。堀北同學在開局階段漂亮地安排，以及你那些超越她的卓越戰鬥表現，都非常精彩。」

坂柳露出心滿意足的表情，她好像充分地使出了全力。

「老實說，妳遠比我想像的還要強，妳瓦解了堀北的優勢，是我輸了，我沒有異議。」

「沒這回事，這是場很棒的比賽，不管最後勝負會如何發展都不奇怪。不過，是我打出的那步棋決定了勝負，這點你應該沒有異議吧？」

「那招犧牲皇后非常精采。」

事實上那就是在螢幕的另一端發生的事。

我的指示跟坂柳的指示——其交錯的結果，就是坂柳更勝一籌。

那裡沒有剩下逆轉或是奇蹟。

這是確實的勝利與敗北，因為學校的裁量而被這麼判斷，然後決定且確定了下來。

雖然已經全力以赴，但C班還是敗給了A班，失去了三十點班級點數。

如果只看結果，這算是輕傷，但其他班級的結果又如何呢……

「妳有什麼要要求我嗎？」

「要求的事情嗎？我沒什麼特別要求。」

坂柳溫柔地微笑，心滿意足地點頭。

「我只是期待著跟你比賽，而這件事情實現，就已經很足夠了。」

既然這樣，就我的立場來說，也幸好我可以不辜負她的期待吧。

聊太久被坂上老師盯上的話也很麻煩。於是我也離席。

在我為了離開教室，打算把手伸向大門的時候，月城代理理事長就現身在多用途教室裡。

「哎呀，實在讓我看見了非常好的表現呢。」

「哎呀呀，月城代理理事長。您看了特別考試嗎？」

「對，因為我們校方為了避免不正當的行為，而站在管理考試的立場上。兩位作為指揮塔的干涉，還有考試的發展，我全都在其他教室裡看著喔。」

他這麼說完，就拍手稱讚我們兩人。

「所謂雙方一步也不退讓、不相上下的戰鬥，就是這麼回事了吧？就我們校方來講，我們也得到了非常棒的數據。我很確定這次的比賽在明年之後也會作為重大的財產留下來。」

我看著月城代理理事長的眼睛，他則愉快地與我四目相交。

即使不對話，光是這樣，我也可以理解一切。

「能讓您滿意就好，月城代理理事長。」

坂柳低下了頭。她對於這場比賽的成立，感到無比的充實感。

「話說回來，B班跟D班那邊分出勝負了嗎？」

「嗯，大約在你們的一個小時以前呢。」

他們還真快就做出了結。

「是哪一方獲勝？」

坂柳好像也很感興趣，於是詢問結果。

「五勝兩敗，是D班獲勝喔。大爆冷門了呢。」

龍園打敗一之瀨了嗎？這樣就會有一百九十點的變動。

D班……不對，C班正逐漸地甦醒呢。

然後我們又要從D班重新來過。

「一之瀨同學真是嚐到了沉重的敗北。雖然這也沒辦法。」

如果沒有龍園的話，大概就會是B班的勝利吧。

他是為了自己行動，還是為了班上呢？

不論如何，那傢伙的心中也開始產生變化了。

這同時也代表著對一之瀨而言的威脅捲土重來。

「請各位離開教室吧，因為特別考試結束了。請老師也離開教室。」

月城代理理事長催促坂上老師、星之宮老師一併離開教室。

「可是，我們還要善後——」

「這就讓我們這方來對應。」

月城代理理事長示意後，幾名作業員便同時進入教室內。

「你們是誰？應該不是跟學校有關係的人吧？」

坂上老師一臉疑惑地反問。

「政府似乎想要盡早知道這次考試的數據。他們是為此而被派遣來的人們，請放心。」

既然都被代理理事長這麼說了，當老師的他也不得不退讓。

兩人被催促般地結束作業，接著跟我們一起離開多用途教室。

教師們似乎打算直接回職員辦公室，他們完全沒有留意我們，就這麼走掉了。

另一方面，坂柳則是覺得莫名其妙地瞥了作業員們一眼。

但多用途教室的門被關上，甚至很周到地傳來上鎖聲。

「妳有什麼在意的事情嗎？」

沒有停留在多用途教室中的月城代理理事長詢問坂柳。

「不，沒什麼。」

「是嗎？」

好啦——我也回去吧。我確認手機後，發現堀北寄來了訊息。

『辛苦了。』

是這種簡短的訊息。我改天再聽她抒發不平不滿吧。

「回頭見了，坂柳。」

雖然我簡單留下這句話，就打算回去……

「——能請你等一下嗎，綾小路同學？」

「怎麼了？」

坂柳叫住走在走廊上的我。

本應沉浸在勝利餘韻中的坂柳，表情開始變得憂鬱。

「……你是真的認為那是最佳之策，才在最後走出那一步棋嗎？」

在這個最後的最後。她好像對我經過漫長思考在最後得出的結論抱著疑問。

「實際上，贏的人就是妳，除此之外還會有什麼嗎？」

「沒有……不好意思，好像只是我想像了多餘的事。」

「妳贏了我，不開心嗎？」

「沒這回事。可是，或許我心裡的某處希望輸給你呢。」

這想法還真是奇怪。

「我先說了，我完全沒有放水。」

「嗯，我知道。」

即使如此，坂柳似乎還是不能認同。

我在她眼裡的形象，說不定是更厲害的呢。

「你真是個殘酷的人呢——綾小路同學。」

就這樣站在多用途教室門前的月城代理理事長對我說出了這種話。

坂柳回頭看他。我慢了她一點，也無可奈何地回過頭。

月城代理理事長溫柔地微笑後，就走來我們身邊。

「你是個很殘酷的人。」

「這是什麼意思呢，月城代理理事長？」

是坂柳這麼反問，而不是我。

「你要不要幫她解答？」

「您是指什麼？」

「明明老實告訴她就好了。」

多用途教室裡的「事情」辦完了，所以他才會一派從容嗎？

「因為那場比賽贏的原本會是綾小路同學。」

他說出這句不能聽過就算了的話，坂柳不可能不緊咬著不放。

為什麼這個男人會想特地自己冒險說出來呢？

「您在說什麼呢？我實際上就是輸了。」

「嗯，是啊，事實確實沒錯。」

這種說話方式，可以讓人了解到月城代理理事長的性格。

「可是過程不一樣——對吧？」

安靜聽著的坂柳也開始理解這個情勢，接著有所領悟。

「這是何等愚蠢的事……校方強制介入我們學生的考試嗎？」

這不是遺憾、灰心，而是憤慨，無庸置疑是坂柳的憤怒。

「是妳不好喔，坂柳同學。就是因為妳沒有遵守我的吩咐，結果才會變成給綾小路同學像是保護點數的那種東西。為了奪走那個東西，我不就只能使用稍微強硬的做法嗎？因為這裡姑且也算是『學校』呢。」

原來是這樣，他是為了肅清，才這樣無意義地揭開真相嗎？

「真是的。如果全都按照我所想的進行，這次就可以讓綾小路同學退學，但這間學校裡似乎也有很多老師非常熱心，真讓人覺得棘手。」

我將那個思考很久之後做出的指示輸入電腦。

可是，從鍵盤輸入到傳達為止耗費的時間是三十秒左右。

截至目前，輸入十秒左右就應該會傳達到的指示產生了延遲。

原因就是指令是被扭曲之後才從對講機播出自動語音。

他從電腦內部操作，把過程與結果變成其他東西。

「當時，他原本是打算下在其他地方喔。他走出了超越普遍認為最佳一手的一步棋。雖然我這邊也有準備大量的人員與機器，但還是被迫做出非常困難的判斷。」

假如露骨地改成一步很差的棋，那不管任何人來看，都顯得很不自然。

也就是說，月城代理理事長也被迫走了一步為了不變成那樣的難棋。

「這種意義上，坂柳同學有完全預測到我要走的那步棋，也算是表現得漂亮呢。」

這已經根本不是讚美了。

「你為什麼沒有提出來呢，綾小路同學？」

「他就算提出也沒用。不對，是根本沒辦法提出此事。」

很簡單——月城代理理事長說明。

「他是出身於White Room的人，又處於強行潛入這間學校的狀態，他根本不可能希望那種引人注目的事情。」

假如被月城介入的事情公布出去，就會發展成棘手的問題。

雖然實在令人著急，但這是只能忍氣吞聲的狀況。

「就算慘不忍睹，但勝利就是勝利。妳要不要高興一下？」

「……您還真會挑釁人呢，代理理事長。不過——我會把這份代價算得很高的。」

月城代理理事長接下坂柳蘊含憤怒的笑容，便再次簡單地拍手。

「區區一個高一的小孩，還真是說出有意思的發言呢。因為是個小頭頭，所以連口氣都變大了啊？」

從身處同個戰場上的學生看來，任何人都不想與坂柳為敵。

不過在這個男人看來，這就只像是小孩在說大話吧。

「如果妳要把代價算得很高，那就快點做點什麼給我看啊。來，快點。」

她根本不可能做出任何事，而在短暫的寂靜之後——

「好啦，我差不多要回去了。大人在各方面都很忙碌呢。」

邁步而出的月城代理理事長特地往我們兩人之間插了進來。

「可以的話，請你選擇自主退學。這樣就可以不繼續捲入其他學生。」

月城留下這句話，就往走廊前方走去。坂柳後來也慢慢邁步走出。

「這種結果實在是太掃興了，我非常不愉快。」

「抱歉啊。」

「這不該由你道歉。我只是對於因為大人介入孩子之間發生的事情感到灰心。我最棒的回憶被人給踐踏了。」

她似乎毫不在意勝利變成瑕疵品。

只是無法原諒比賽留下汙點。

「不過——要我就這麼接受，你不覺得有點困難嗎？」

停下腳步的坂柳抬頭仰望我。

「是啊，妳說得對。」

雖然我是打算對於月城代理理事長的介入默不吭聲，但或許幸好坂柳有聽聞這件事。我自己心裡也是有點小疙瘩。

「請你從被代理理事長扭曲結果前的那邊接著跟我比賽。」

現在要在這邊拒絕坂柳的提議很簡單。

可是，總覺得這樣會毀掉坂柳的某些東西，也會毀掉我自己的什麼。

「我沒有理由拒絕，不過，我們要在哪裡分出勝負？」

「你知道圖書館裡有放西洋棋嗎？」

「不……我是第一次聽說。」

「我偶爾會拿來下西洋棋，我們就使用那邊吧。」

我也沒有理由反對，於是就轉移陣地前往圖書館。

也因為學生都考完特別考試、結束所有課程，所以今天沒有任何人在。

我在這過於寂靜的圖書館裡拿起了西洋棋盤。

決定使用可以讓兩人使用的小桌子，並在那裡放置西洋棋盤。

坂柳很有效率地再次呈現最後的狀況。

「來吧，這是跟當時同樣的狀況。請讓我看看真正的那步棋。」

我拿起棋子，讓棋子走到原本該下的位置。

3

接下來的比賽，我們之間都沒有交談，時間就這麼流逝。

日落時分，只有黑棋與白棋不斷地發出喀喀聲。

但那也真的是一段很短暫的時間。

這場從終盤戰開始的比賽，不需要太久的時間。

過了不久，在終局來臨時，坂柳盯著棋盤靜靜地吐口氣。

已經完全沒有辦法避開將軍了。

「真不愧是你呢，綾小路同學。這場比賽是我輸了。」

這是每一步棋都會定生死的比賽。

坂柳似乎沒有任何不滿，心滿意足地承認敗北。

「妳還真坦率耶。」

「我看起來像是會不承認敗北、自尊心很高的女人嗎？」

老實說，若說看起來不像，就是在騙人了。

「我想知道的是哪一方位居上風，哪一方位居下風。我不會做出對結果表示不平不滿的行為。」

「不過，我或許是贏了，但這也只是重現。不保證這場比賽在那個時候、那個當下也會同樣這麼進行。」

也無法徹底排除可能會產生時間讓人思考新的走法。

不對，最重要的是——

「這一局是堀北對上橋本所打出的優勢局。一看就會知道，那是在我占優勢的途中替換的。我實在不認為有比到一場對等的比賽。」

這個西洋棋盤上打出的發展，是因為堀北打出優勢才得以實現。坂柳從不利的狀況逆轉局勢的本領貨真價實。

假如從頭開始比西洋棋，也不保證我就會贏。

就算她提議要比賽，如果情況允許逃跑的話，我甚至還會想要逃跑。

「你是打算安慰我嗎？」

坂柳似乎覺得很好笑，而忍不住笑出聲。

「不是這樣，我只是客觀地陳述事實。」

「我對現在的結果很滿足，這樣不就好了嗎？」

如果她感到滿足的話，確實這樣就好。可是，我心裡很不暢快。

「妳在這場特別考試發表的階段，也是可以把範圍縮小到一對一的項目，並且直接跟我比賽。如果妳這麼提議的話，那我也不得不接受。可是，妳為什麼沒打算這麼做？」

這當然是要從十個項目中選出七個項目的隨機比賽。不保證一定會被選上。即使如此，只要在一對一的項目上先做好妥協，應該也有很高的機率實現。

「理由很微不足道喲。就如你的推想，這不保證絕對會實現，還有就是如果你貿然地跟我一對一對決，無論如何都會遭到周圍懷疑。我是想避免這兩點。雖然這一切都被代理理事長給利用了。」

坂柳並沒有忘記，她參加特別考試有盡量顧慮到我。

就是因為這樣，她才會打從心底對於月城的介入感到憤怒吧。

可以預測今天被選到的七個項目，以及那些順序，恐怕都不是完全隨機選擇的。

無法完全實現公平的比賽。

「再說，我栽培了我認為在A班最有西洋棋才能的橋本同學，你則是栽培了堀北同學。這點也是我輸了。」

坂柳慢慢低頭。

「綾小路同學，可以跟你比賽，真是太好了。這樣我心裡就會看見一個答案，看見你無庸置疑是個天才。你絕對不是什麼冒牌貨。」

「妳不想在西洋棋上雪恥嗎？」

「你希望我這麼想嗎？」

「……沒有，不希望。」

「呵呵，你還真坦率。」

像這樣實現沉靜的對局，也是因為有這段非常稀有且有限的時機。

就是因為現在特別考試結束，明天開始就要進入長假，所以才能準備這個四下無人的空間。

「關於我不雪恥的理由……老實說，我判斷我們西洋棋的本領幾乎不相上下。假如下個十場，就算五勝五敗也不奇怪。我的鑑定有錯嗎？」

「沒有，這很準確。」

實力旗鼓相當得讓人覺得很有意思。

假如反覆對戰的話，應該確實會變成坂柳所說的那種戰績。

「不過，在這場非贏不可的比賽上，我也認為是你略勝一籌。我覺得那個當下是現在的我輸了。不過西洋棋的資歷是你稍微久一點呢。一定就是這個差距吧。」

我可以窺見到她不認輸的個性，同時聽著坂柳表示我贏在哪些方面很重要。

「如果要在西洋棋上雪恥的話，那遊戲都不是遊戲了呢。西洋棋是很有趣的娛樂，我想先把它留在這種程度上。」

坂柳單手拿起騎士，說出了這種話。

「關於西洋棋的資歷，妳果然有看到啊。」

「是的，我看見你在White Room技壓對手。從那時以來，我就變得很喜歡西洋棋。相信跟你對局的日子總有一天會到來。」

我看見A班項目時產生的直覺似乎是對的。

意思就是說，西洋棋被選為項目不單純是偶然。

「好啦——該回去了吧。」

「我來收拾，坐著等我吧。」

「謝謝你，那我就恭敬不如從命。」

我把棋子與棋盤歸回原本的位置。

「很遺憾，今後我會跟你稍微保持距離。畢竟一直執著在你身上的話，你也會受到同學懷疑吧。最重要的是……」

「最重要的是？」

「因為我非常非常想了解你，這種心境就像在一直不斷地追尋無法相見的兒時玩伴。要是競賽輕易地就實現的話，那價值也會減少。」

她憐愛地看著我，然後露出笑容。

「考慮到月城代理理事長，我也覺得沒有閒工夫在學生間競爭了呢。」

這是本末倒置。在這間學校裡，學生與學生應該要互相競爭。

就算有類似的比賽，也無法斷言他不會再次介入。

倒不如說，如果是為了妨礙我，他應該什麼都會利用吧。

就這點來說，要是我可以不用警戒一方，這也很令人感激。

如果四面八方都是敵人，身心疲憊的狀態也會很明顯。我們兩個離開了圖書館。

「想來，我們還是第一次像這樣回去呢。」

「這麼說來是這樣沒錯呢。」

坂柳的身邊總會有某些人在。

再說，我們並肩而行，以一般想法來說是不太可能達成的事情。

「不好意思，我走路很慢。」

「這種事情不用道歉。」

她的步伐確實很緩慢。因為坂柳擁有先天不利的條件。

但很不可思議的是，我今天覺得這樣很令人慶幸。

正常走路的話，轉眼間就會抵達宿舍。

「今後你要怎麼做呢?」

「就只能看月城的做法了。就算他是代理，但也算是個理事長，拙劣的手法應該不管用吧。」

「是呀，看他那種樣子，我爸爸要恢復權力應該也不簡單吧。」

「妳打算怎麼做?」

我這麼問完，坂柳就稍作思考。

「我會暫且按照以往，一邊享受一邊過日子。如果葛城同學要對我謀反，那我也會奉陪他。如果一之瀨同學逼近而來，要打倒她來玩一玩也是很有意思，畢竟如果她退學的話，也就能看見B班崩壞了呢。」

她露出笑容，就像是天真無邪地跟娃娃玩耍的少女。

「雖然我完全看不出龍園同學的動作……但如果他要回到戰線上，我也很想跟他戰鬥看看。這麼一看的話，或許其實可以過上一段不無聊的學生生活。」

「那真是太好了。」

「你打算怎麼做呢?」

「可以的話，我會希望避免公開現身活動。我會請堀北努力。」

「她的成長確實讓人吃驚呢，我也會期待的。」

總有一天，堀北應該也會跟一之瀨和龍園一樣，變成同樣受她警戒的對象而名列出來吧。這麼一來，坂柳應該也會變得更加開心才對。

「……請讓我為一件事情謝罪。」

「謝罪？」

「剛才我說出的避免一對一的理由，那是在說謊。」

避免一對一是為了不讓我引人注目的顧慮。

坂柳撤回這個答案。

「其實，這是因為即使是一秒鐘，我也想跟你待在相同的空間更久一點。」

坂柳說完以後，就對我伸出右手。

我以為她是要握手，於是就握了回去，結果她就用左手包覆住我的手。

「人可以透過互相接觸來了解溫暖，這件事情非常重要，人的肌膚溫暖絕對不是什麼不好的東西。請你要記住這點。」

「這是什麼意思？」

「這是我遲來的訊息。」

我還是維持在無法理解的狀態，坂柳就慢慢鬆手，邁步而出。

「來，回去吧。」

看來她不會告訴我是在指什麼。

我們盯著西沉的夕陽，一起踏上歸途。

「話說回來，你有聽說嗎？A班的吉田同學——」

我們之間不是可以聊往事的那種交情。

我們只是漫無目的地反覆聊著日常中的話題。

直到抵達宿舍的那個瞬間為止。

後記

睽違四個月不見了。這已經完全是慣例了，一本書就是四個月。

就算到了令和，也沒有任何改變。這就是各位認識的衣笠。

第十一集結束了。這次是一年級生篇的本篇完結，而且也順利通往結業式的發展，但在二年級生篇開始之前，下回將是春假的故事。包含總結的意義在內，故事將預定是以「學生們這年有何變化，將如何變化」為主軸進行。

然後……戀情的進展可能會有，也可能會沒有。到底是怎樣！

總之，寫完一年級篇的本篇，我最先想說的……就是頁數不夠的這件事！

我一開始動筆，原本預定要把第十集和第十一集併成一本，但根本就完全沒辦法嘛！

試著寫了以後，就是增加再增加。就算集數是兩本也有好多故事寫不完。每次開始寫書，就會從「居然要三百頁，這是要怎麼寫滿啊～」開始，但等到察覺時就會覺得「只剩下幾頁了！」總覺得我以很高的頻率反覆著這種事情……

所以我在想，我在這部分稍微放著沒處理的故事，也要在下次的十一點五集進行。

接下來是小閒聊。

我很難得地見到了業界的人，結果對方說「我完全不知道你平常在做什麼，請你經營社群網站之類的啦！」我幾年前因為工作關係，也無可奈何地經營過像是部落格的東西，但真不知該說我實在是不喜歡還是不擅長那類東西。我覺得在這種後記上寫出來就很剛好了。

因為我平常在做的，就是工作或偶爾打高爾夫球。再說，我打高爾夫球也沒有去球場（我打得差，價格不便宜，而且也沒體力），只有在練習場打一個小時左右就會結束。但是沒關係，因為我這樣就很滿足了。

就算經營社群網站，也會是些非常無聊的內容吧。

是說，後記也變成是很無聊的結束方式！

我們下次再見吧！

國家圖書館出版品預行編目資料

歡迎來到實力至上主義的教室 / 衣笠彰梧
作 ; Arieru譯. -- 初版. -- 臺北市 : 臺灣角川,
2020.07-
冊； 公分. -- (Kadokawa fantastic novels)
譯自：ようこそ実力至上主義の教室へ
ISBN 978-957-743-811-9(第11冊：平裝)

861.57 109005089

Kadokawa
Fantastic
Novels

歡迎來到實力至上主義的教室 11

（原著名：ようこそ実力至上主義の教室へ 11）

２０２０年７月30日　初版第１刷發行
２０２４年７月３日　初版第８刷發行

作　　者：衣笠彰梧
插　　畫：トモセシュンサク
譯　　者：Arieru

發 行 人：台灣角川股份有限公司
總 　 監：呂慧君
總 編 輯：蔡佩芬
主 　 編：林秀儒
編 　 輯：黃怡珮
設計指導：陳晞叡
美術設計：宋芳茹
印 　 務：李明修（主任）、張加恩（主任）、張凱棋、潘尚琪

發 行 所：台灣角川股份有限公司
地 　 址：１０４台北市中山區松江路２２３號３樓
電 　 話：（02）2515-3000
傳 　 真：（02）2515-0033
網 　 址：www.kadokawa.com.tw
劃撥帳戶：台灣角川股份有限公司
劃撥帳號：19487412
法律顧問：有澤法律事務所
製 　 版：巨茂科技印刷有限公司
ＩＳＢＮ：978-957-743-811-9